恐怖の
魔王陛下
だったのに

花嫁きゅううん～♥が止まりませんっ！

雪

AND.

JN217160

Jewel
ジュエルブックス

contents

※本作品の内容はすべてフィクションです。
実在の人物・団体・事件などには一切関係ありません。

プロローグ　魔王の幼妻溺愛日記

「あ……っ、あん、あぁぁ……っ」

ぎっ、ぎっと軋《きし》む寝台の中、しなやかな筋肉に覆われた巨躯《きょく》の下で、少女が身をくねらせながら高い声で喘《あえ》ぐ。

まるで小鳥のさえずりのようだ。

必死でしがみついてくる小さな存在を、男は、これ以上ないほどうっとりとした表情で見下ろした。

「サラ。ああ、サラ……。そなたは本当に愛らしいな……」

ため息をつきながら、男は少女の足の間に突き立てた逞《たくま》しい熱杭《ねつくい》を緩やかに前後させる。

秘められた少女の花園は、その外見にふさわしく慎ましい。そんな華奢《きゃしゃ》な身体《からだ》で男の巨躯に見合った欲望を受け止める様は、とても健気だ。

少女は睫毛《まつげ》を震わせ、口元を手で覆いながら男を見上げた。

「だ、め、ヴァルドール、ゆっくり……しないでぇ……っ」

「先ほど、激しくするなと言ったのはどこの誰《だれ》だ？　私はそなたの要望に応《こた》えているだけだ」

からかうように笑い、男はぐっと腰を突き出す。

柔肉を押し広げられる衝撃に、少女は小ぶりな乳房を震わせながら、背をのけぞらせて戦慄《わなな》いた。

「やぁ……ッん！」

細い指が、男の頭から生える捻《ねじ》れた角に触れ、長い銀の髪をかき乱し、広い背を彷徨《さまよ》う。

羽で撫《な》でられるような絶妙な感触は、男の興奮を煽《あお》るに十分であった。男の白肌に薄《うっす》らと浮かんでいた赤い紋様が、ますますその濃さを増していく。

「そなたの中は、私のものに悦《よろこ》んで吸い付いてくるぞ。……好《い》いのだろう？」

「い、言わないでください……」

小さな両手で顔を覆い、いやいやと首を振る彼女の耳は、熟れた林檎《りんご》のように真っ赤に染まっている。

ふたりはついふた月ほど前に、夫婦になったばかりだ。

つまり新婚である。それゆえに本日も、絶賛夫婦の営み中であった。

もう幾度か身体を重ねているにもかかわらず、いつまで経《た》っても閨《ねや》の中では恥ずかしがり屋で初心《うぶ》な彼女のことが、男は可愛《かわい》くて仕方ない。

もちろん彼女であれば、自分の上に乗って豪快に腰を振ろうが、それはそれでいいものだと思っている。

つまるところ、この幼妻がやることなすことすべてが、男にとってはとても愛《いと》おしいのだ。

「サラ、顔を見せてくれ。そなたが感じているところを見たい」

男はそう言って、顔を覆う妻の両手を敷布の上に押さえつける。

涙の滲《にじ》んだ瞳《ひとみ》で恥ずかしそうに見つめられれば、もうそれだけで堪《たま》らない。

ますます硬度を増した雄茎を宥《なだ》めるため、男は円を描くようにねっとりとした腰遣いで、柔らかな媚肉《びにく》を擦《こす》り上げた。

ぐちゅん、ぐちゅんと、蜜《みつ》をかき混ぜるいやらしい音が寝台の中に響く。

「はぁ、あぅ……っ、んあぁ……！」

「中が、絡みついてくるな」

「……だめ、そんなに……されたら、おかしくなっちゃう……」

少女の肉壁が妖《あや》しげに蠢《うごめ》き、男のものをきつく締め付ける。温かく濡《ぬ》れた感触は男に至上の快楽をもたらし、骨の髄から蕩《とろ》けさせてしまいそうだ。

男は唇の端をつり上げ、少女の頬《ほお》に口づけを落とす。

「あ……、だめ、だめぇ……っ」

「嘘《うそ》を言うな。そなたが私にこうされるのが好きなことくらい、わかっている」

「あぁぁぁ……ッ」

ぐりり、と戒めのように奥を強く抉《えぐ》れば、少女の半開きの唇から法悦の声が零《こぼ》れる。

それでも、達するには刺激が少々足りなかったようだ。彼女は頬を薔薇《ばら》色に染め、眉根を寄せながら、中途半端な刺激に身悶《みもだ》えていた。

「はぁ、はぁ……、ふぅ……、んぁ……」

下腹を掌《てのひら》で強く押さえながら、少女は荒い呼吸を繰り返す。

その濡れたような呼気が、ヴァルドールの鼓膜を切なく震わせた。

唾液《だえき》も、声も、吐息さえも、この少女のものというだけで、なぜこうも甘いのか。

彼女のすべてを貪《むさぼ》り尽くしたい。

いくら抱いてもその欲求は治まることなく、むしろ日増しに強くなっていく一方だ。

「達したいのだろう」

親指で少女の色づいた唇をなぞりながら、男は妖しく笑む。

「だったら、何を言えばいいのかわかるな？」

この笑みを向けられて落ちない者は誰一人としていない。そう思わせるほどに、男の表情は蠱惑《こわく》的で、妖しげな色香に満ちていた。

彼自身、己の浮かべた微笑が他者にとってどう映るか、どのような影響を及ぼすのかをわかった上での行動である。

当然、妻である少女もこの微笑に魅了され、なりふり構わず自分を欲しがるに違いない。

例えば「早くあなたが欲しいの」とか、「もっと激しくしてほしいの」といった大胆な言葉を使って。

さあ、遠慮なく、そしてできるだけいやらしくはしたなく私を求めるがいい、と。男は自信満々で、幼妻を見下ろす。

だが、何度か目を瞬かせた少女は、恥じらうように睫毛を伏せ、男の手をぎゅっと握り——。

そして囁《ささや》くような声を一言、零す。

「……好き」

「っ」

「好きです、ヴァルドール。早く、あなたの子を産みたい……」

ずきゅん、と。胸を甘く射貫《いぬ》かれたような錯覚がした。

男の下半身にみるみるうちに血の気が集まり始め、少女の中に収めている欲望が更に質量と硬度を増す。

そういう言葉を想定していたわけではない。想定していたわけではない、が。

これはこれで非常にたまらん。鼻血が出そうだ……っ！

「サラ‼」

「えっ⁉　あっ、や、だめ、急に激しくしたら……っ、あぁぁ……ッ！」

妻が止めるのも聞かず、男はじゅぷじゅぷとすさまじい音を立てながら腰を前後させる。

荒波のような怒濤《どとう》の勢いで押し寄せて来る劣情に、どうしてもあらがうことができない。

「ひぁッ！　アッ……！　やぁぁん……っ！　だめ、や……っ、いっちゃ……」

「サラ……サラ……ッ！　どうしてそなたはこうも、可愛すぎるのだ……！」

「は、あぁ……っ、ン、ぁ……っ！　あぁ……っ、ヴァルドール……！」

「可愛い、サラ。好きだ、サラ……サラ……」

男は狂おしげに何度も妻の名を呼びながら、力の限り彼女の奥に己を叩《たた》きつけた。

そうして行為に勤《いそ》しみながら、己の手の中にこの少女が存在することを、心から神に感謝する。

私の許《もと》に、サラという天使を遣わしてくれてありがとう、と。

――サラとの出会い。それは、ふた月ほど前に遡《さかのぼ》る。

運命のもたらしたあまりの衝撃に、男は思わず日記をしたためたほどだ。

日記の始まりは、こうである。


『大陸新歴三千五十二年、薔薇月三日』


何ということだ。

私は今、非常に動揺している。

運命とはかくも突然、私を抜け出すことのできない深い穴に突き落とすというのか……。

今もこうして、筆を持つ手が震えているほどだが、どうしてもこの衝撃を書き残しておきたい。

改めて――我が名はヴァルドール。ガルディア王国の国王である。

人呼んで『魔王』。

魔族の王だから魔王である。覚えやすかろう。

齢《よわい》三百余。長命の魔族にしては、まだまだこれからという年齢だ。何せ長老たちの中には、千年もの時を生きたものすごい長寿がいるのだから。

それはまあどうでもいい。

そんなことより、私は昨日、運命の出会いを果たした。

今日からは毎日、この秘密日記に彼女のことを記していこうと思う。

彼女の名はサラ。

美しい名前だ。

きっと古代ガルディア語で、星とか花を意味するに違いない。古代ガルディア語にはまったく詳しくないが、きっとそうだ。

さて。まずは手始めに、彼女を一言で表すとしよう。

どんな言葉がいいだろうか。

可愛い、美人、可憐《かれん》、華奢、素直、純粋……。

サラを褒《ほ》め称《たた》える言葉はいくらでも出てくるが、こんなものでは彼女を表現するには到底足りない。

しかし、あえてひとつだけ選ぶとしたら、これに尽きるだろう。

――天使。

サラは神が我が許に遣わした、愛の天使だ。

なぜなら彼女に出会った瞬間、私は矢に胸を射貫かれたような衝撃と共に恋に落ちたのだから。

夜を紡いだような、美しい黒髪。

長い睫毛に縁取られた、曇りなき黒曜石の瞳。

薔薇の雫《しずく》を一滴落としたような象牙《ぞうげ》色の滑らかな肌に、触れれば壊れそうなほど華奢な手足。

さくらんぼのような可愛らしい唇から紡がれる声は、まるで天上の調べだ。

サラこそ我が魂の伴侶《はんりょ》にして、命の宝石、砂漠に咲く一輪の花である。

彼女を守るためならば、私は国を――いや、世界をも敵に回すだろう。

三百年余りの時を生きてきて、このような感情を覚えるのは実に初めてのことである。

ところで、人生には大きな転機が三回あるというが、魔族にもそれがあてはまるだろうか。

だとすれば私にとって、それは昨日であるという他ないだろう。

そう、すべては昨日。自室でくつろぐ私の許に、使い魔がある知らせを携えてやってきたのが始まりだった――。

一話　トリップしたらいきなり生贄!?

あ、と小さな声が上がった。

妹の美沙《みさ》が赤いランドセルを弾ませながらたたっと駆けていき、道の端にしゃがみこむ。

香月沙羅《こうづきさら》は鞄《かばん》を積んだ自転車を止め、プリーツスカートの裾《すそ》を乱しながら、慌てて美沙を追いかけた。

そうして、妹と目線を合わせるように腰をかがめる。

「どうしたの？」

「ほら、ここに、てんとう虫がいるの！」

「え？　どこどこ？　……あ、ほんとだ。可愛いね」

美沙の小さな指が示す先には、雑草に止まったてんとう虫がいる。鮮やかな赤色の身体に、黒い七つの丸。ナナホシテントウだ。

「てんとう虫なんて、久しぶりに見たなぁ。都会にもまだいるんだね」

しみじみと、沙羅は呟《つぶや》く。

まだ幼い頃《ころ》――両親が生きていた頃は、よく近所の河原《かわら》に出かけて、てんとう虫や蝶《ちょう》を捕まえて遊んだものだ。

その時、父の口にしていた言葉を思い出し、沙羅は懐かしげに目を細めた。

「ねえ美沙、知ってる？　てんとう虫は、幸せを運ぶ虫って言われてるの」

「そうなの？」

「うん。昔お父さんが言っていたんだけど、てんとう虫が身体に止まったら、いいことが起こるらしいよ」

「えー！　じゃあ美沙、捕まえてみる！」

えいやっ、とばかりに美沙が両手でてんとう虫を捕らえようとする。しかし、てんとう虫のほうもなかなかに素早く、手と手の間をすり抜けて飛んでいってしまった。

その名のとおり、太陽を目指して高く高く飛んでいくてんとう虫を見上げながら、美沙ががっくりと肩を落とす。

「あーあ……逃げられちゃった」

「美沙ったら。無理矢理捕まえるんじゃなくて、てんとう虫のほうから自然と止まってもらわないといけないのよ」

苦笑しながら窘《たしな》めれば、美沙が唇を尖《とが》らせる。

「えー!?　そんなんじゃ幸せなんて摑《つか》めっこないよ！　チャンスは自分で摑め、って担任の先生も言ってたし」

一人前の物言いに、沙羅はますます苦笑を深める。

この間までよちよち歩きをしていたというのに、いつの間にやらこんなにしっかりしたことを言えるようになってしまったなんて、時が経つのは早いものだ。

日々、美沙はすくすくと成長していく。両親が生きていれば、きっと喜んだだろう。

そう。お父さんと、お母さんが生きていれば……。

こみ上げそうになる感傷を胸の中に押し込め、沙羅は美沙へ手を伸ばした。

「さ、もう帰ろう。晩ご飯の時間に間に合わなくなっちゃう」

「……」

「美沙？」

こん、と、美沙が足下にあった石を蹴《け》り飛ばした。そしてぽつんと、小さな呟きを落とす。

「……帰りたくないな」

「美沙……」

「帰ったら、またおばさんたちに嫌なこと言われるんだもん」

俯《うつむ》いたままの呟きに、沙羅の胸がつきりと痛む。

『おばさん』というのは、沙羅たちの遠い親戚《しんせき》だ。

沙羅は十二歳の頃、事故で両親を亡くした。父たちには兄弟がおらず、また祖父母も早くに亡くなっていたため、沙羅は当時まだ二歳だった美沙とともに親戚中をたらい回しにされた。

ようやく現在世話になっている家に落ち着いたのはいいものの、そこの夫婦との仲も良好とは言いがたい。

やれ目つきが気に入らないだの、苛《いら》つく顔をしているだの、無駄飯ぐらいだの……。

小遣いは月に二万円と少ししかもらえず、それで姉妹ふたり分の、日々の昼食代をまかなわなければならないのだ。

少ないアルバイト代はすべて、世話代という名目で伯母に取られてしまっている。父たちの残したいくらかの財産があるにもかかわらず、だ。

ことあるごとに心ない言葉をかけられ、邪険に扱われ続け、沙羅の精神は徐々にすり減っていく毎日。

できる限り妹には被害が及ばないように努めているが、それでも、美沙ももう自分に向けられる悪意に気づけない年齢ではない。このままでは、美沙の精神衛生上よくないはずだ。

それはわかっているが、まだ高校二年生の沙羅に、一体何ができただろう。

せいぜい、できる限り伯母たちを苛立たせないよう、怯《おび》えながら生活するくらいしか選択肢はなかった。

それでも、いつまでもこんな生活を続けるわけにはいかない。

——高校を卒業するまでの辛抱だ。卒業したら、美沙を連れて親戚の家を出て、ふたり暮らしを始めよう。

沙羅は努めて前向きに、何度も自分にそう言い聞かせてきた。

「大丈夫、今朝《けさ》はおばさんもおじさんも、機嫌よかったでしょ？　早く帰らないと、怒られちゃうよ」

「うん、でも……」

「明日、コンビニのソフトクリーム買ってあげるから。元気出して、ね」

宥めるようにそう言えば、美沙が俯いたまま、小さな声で答える。

「……美沙、いつものがいいな」

「チョコとバニラのダブルね。わかってる」

頷《うなず》くと、美沙がようやく顔を上げた。

「……うん。ありがとう、お姉ちゃん」

まだ少し浮かない様子ではあったが、月に一度食べられるか食べられないかというソフトクリームを買ってもらえることになり、喜んでいる様子だった。

沙羅は美沙に聞こえないよう、ほっと小さなため息をついた。

コンビニのソフトクリームはひとつ三百円。

自分の昼食代を削れば、何とかなるだろう。

「帰ろ、美沙」

美沙に手を差し出し、止めていた自転車まで戻ろうとした、ちょうどその時であった。

七色の眩《まばゆ》い光が間欠泉のように足下から迸《ほとばし》り、沙羅たちを包み込んだのは。

「美沙！」

慌てて美沙の腕を摑み、己のほうへ引き寄せる。

妹の身体を庇《かば》うように全身で包み込みながら、沙羅は無理矢理目を開けようとする。しかし、突き刺すような光の強さが、それを許してはくれなかった。

一体、何が起きたの……⁉

それを理解するより速く、足下の感覚がふっと消えた。まるで地面が急になくなったかのように、身体が急速に落下していく。

まるでジェットコースターに乗っているかのようだ。髪はばさばさとはためき、耳元でごうごうと風の音がする。風圧で、頬が痛い。

落ちている。――でも、どこへ？

その問いに答える者は、どこにもいなかった。

◆

そうして、どのくらいの時間が経過した頃だろう。唐突に、どこかへ投げ出される感覚があったのは。

ぼすんと鈍い音を立て、クッションのような柔らかいものが沙羅たちを受け止める。

ざわざわと、人々のざわめく声が聞こえる。

足音、衣擦《きぬず》れ、香水の匂《にお》い――。大勢の人たちが、自分を取り巻いている気配。

「う……」

腕の中にいる美沙が呻《うめ》き声を上げたのに気づき、沙羅は慌てて目を開けた。光はもう既に消滅していたが、まだ視界はぼやけ、チカチカと不自然に明滅している。

懸命に目を凝らしながら、沙羅は妹を揺さぶった。

「美沙、美沙、大丈夫!? 痛いところない!?」

「大丈夫……。だけどお姉ちゃん、今の何だったの……?」

腕の中にいる妹が返事をしたことに、とりあえず安堵《あんど》した沙羅の耳へ、重々しい声が飛び込んできたのは次の瞬間だった。

「王よ、聖女召喚の儀に成功しましたぞ!」

わっと歓声が上がり、壁や床に反射して木霊《こだま》する。そして割れんばかりの拍手が、渦のように巻き起こった。

セイジョショウカン?

何を言っているか理解できず、沙羅は恐る恐る周囲へ視線をやる。そして、ぎょっと目を見開いた。

今、沙羅たちのいる場所は少し高い位置にあり、見下ろせばそこから下りるための段差と、周囲を囲むように浅い堀が設けられている。

その周囲を、大勢の人々が取り巻いていた。

人々は皆、沙羅たちに熱い視線を注いでいる。

何より沙羅の目を引いたのは、その人々の身につけている衣服だ。

何、この人たち――⁉

そこにいたのは、鎧甲冑《よろいかっちゅう》や白いローブ、中世ヨーロッパ風のドレスや毛皮のマントを羽織った、まるで映画の登場人物のような人々だった。

色素の薄い髪や目、彫りの深い顔立ちは明らかに日本人ではなく、それなのに皆流暢《りゅうちょう》に日本語を喋《しゃべ》っている。

それだけではない。沙羅たちがいる場所は、明らかに日本にあるような建造物ではなかった。まるでどこか異国の大聖堂のように美しい天井画が描かれた、広間のような場所である。

壁面には巨大な大理石の彫像が設置してあり、それぞれ手に武器を携え、人々を睥睨《へいげい》するかのように冷たい目で見下ろしていた。

高い場所にある星屑《ほしくず》模様のステンドグラスは、昼日中であれば色とりどりの光が入り込んでさぞかし美しいだろう。しかし先ほどまで確かに夕焼けの中に佇《たたず》んでいたはずなのに、なぜか今、広間の中には一筋の光も差し込んではいない。

今はただ、天井から吊《つる》されたシャンデリアの蠟燭《ろうそく》が、ゆらゆらと揺れるオレンジ色の炎で室内を照らすだけだ。その様がどこか不安を煽るのは、今の沙羅の心境ゆえだろうか。

夢にしてはあまりにリアルすぎるし、どこかのテーマパークというには、あまりにも建物の造りが本格的すぎる。

ここはどこ？　この人たちは一体何なの？

突然の事態に混乱し、声も出ない沙羅のそんな内心の問いかけに答えたのは、貂《てん》の毛皮を使ったマントを身に着けた、小太りの男性だった。

男性は、呆《ほう》けたまま座っている沙羅たちのほうへ、かつんと杖《つえ》の音を鳴らしながら近づいてくる。その杖は、黄金でできているように見えた。

「お、お姉ちゃん……。ここ、どこ？　この人たち、誰？」

「美沙、静かに。お姉ちゃんから離れちゃ駄目よ」

警戒もあらわに、沙羅は美沙を庇うように抱きしめた。

「驚いておるのだな、聖女よ」

豊かな口ひげを弄《いじ》りながら話しかける男性は、同じく豊かな白い頭髪の上に金の冠を戴《いただ》いている。

まるで、ファンタジー映画に出てくる王さまみたい、と冗談のようなことを思った直後、男性は厳かにこう告げた。

「儂《わし》はこのファランディア聖王国が国王、バルドゥイン二世じゃ」

「ファランディアセイオウコク……？」

聞こえてくるのは日本語であるはずなのに、重々しい口調で告げられた言葉の意味が、何ひとつわからない。

困惑と、怯えを隠せない沙羅に、その時また別の男が近づいてきた。

「陛下、聖女は異界から召喚されたばかりで、何もわからぬ状態です。まずはわたくしのほうから説明をいたしますので、どうぞ人払いを」

陛下、だなんて……。まるで本当に王さまのようではないか。

しかしその言葉を滑稽《こっけい》と笑い飛ばすには、老爺《ろうや》の表情はあまりに真剣だった。

陛下と呼ばれた中年の男は深く頷き、周囲に視線を滑らせる。

「おお、確かにそうだな、神官長よ。――皆の者、しばし席を外してはくれまいか」

『陛下』の言葉に、人々は恭しく頭《こうべ》を垂れて、ぞろぞろと広間を出ていった。

沙羅は自然と目を凝らし、大きな扉の向こうを見ようとする。しかし、そこにはただ石造りの廊下が広がっているだけで、この状況が何なのかを示す手がかりは一切なかった。

全身に白い衣装を纏《まと》った老爺は、沙羅の傍《そば》に跪《ひざまず》くと、皺《しわ》の深く刻まれた顔に笑みを浮かべた。

「ご安心ください。危害は加えません。まずは、名を教えていただいてもよろしいですかな？」

好々爺然とした微笑に少し警戒を解きながら、しかし戸惑いをあらわに沙羅は答えた。

「さ、沙羅です。こっちは妹の美沙」

「おお、サラ殿とおっしゃるのですか！　それはなんとも奇遇ですな」

「え？」

意味がわからず問い返すと、老爺は誤魔化すように笑いながら、すぐに話題を変える。

「いえいえ、こちらの話です。妹君は、ミサ殿ですな。わたくしはファランディアで神官長を務めている、エーベルトと申す者。どうぞお見知りおきを」

「あの、ファランディアって……聖女って、何のことですか？　それに陛下とか神官長って……。これって、お祭りか何かですか？」

違うということは何となくわかりつつも、そう聞かずにはいられなかった。

祭りやイベントの仮装にしては、彼らの格好は本格的すぎるのだ。

だが、こんな現実離れした状況を、すんなり受け止めることができるはずもない。

すがるような沙羅の言葉に、けれどエーベルトは気の毒そうに眉《まゆ》を寄せ、ゆっくりと首を横に振った。

「混乱するのも無理はない、サラ殿。ですがよくお聞きください。ここは、あなたが暮らしていたのとはまた別の世界、つまり異世界なのです」

「異……異世界？」

「ええ。あなたが今いるのは、ファランディア。ローデリア大陸中央部に位置する、神に守られし聖なる王国です」

「……」

混乱で声も出ない沙羅を無視するように、エーベルトは更に言葉を続けた。

「ここはファランディア聖王国で最も古き歴史と伝統を持つ、ヴェリオ大聖堂です。我々はこの場所で聖女召喚の儀を行い、そうしてあなたが現れました」

それは一体何の冗談かと言いたかった。

女子高生ひとりを騙《だま》すために、ずいぶんと大がかりなドッキリを仕掛けたものだと。

テレビでよく見るドッキリ番組のような安っぽさがどこにも見当たらないことは、わかっている。だが、この状況でエーベルトの説明を「はいそうですか」と簡単に呑《の》み込めるほど、沙羅は柔軟な思考回路を持ち合わせていなかった。

「意味が……わかりません。だってここが異世界なら……どうして言葉が通じているんですか？」

「召喚の際、あなたがこちらの言語を理解できるよう法陣に言語翻訳の術式を組み込みました。成功したようで何よりです、聖女さま」

「でも……わたしは聖女なんかじゃない……。ただの高校生です……！」

震える声で、沙羅はそう口にしていた。聖女だとか神だとか、いきなりそんな話をされても理解できない。できるはずがない。

それなのにエーベルトと王は顔を見合わせると、困った子供を見るような目を沙羅に向ける。

「いいえ、あなたは間違いなく聖女さま。あなたの出現は、神のもたらした奇跡なのです」

「まあ、疑うのも無理はなかろう。――まずは、その証拠を見せなければな」

そう言った王は、いったん沙羅たちのいる高座から離れて、広間の隅のほうへ行く。

そこにある祭壇のようなものから何かを取り出すと、再び高座へ戻ってきた。

「これを持ってみよ」

灰色の石でできた、小さな玉だった。よく磨かれているのかツヤツヤしており、完璧《かんぺき》な球状をしている。目の前に差し出されたそれを、沙羅はおずおずと受け取った。

その瞬間だった。玉がじんわりと温かくなったかと思えば、信じられないほど眩い、青色の輝きを放ち始めたのは。

部屋中を満たすかのような青い光の渦が巻き起こり、沙羅たちを包み込む。

あまりの強い光に驚き、沙羅は咄嗟《とっさ》に玉を手放した。玉はごとん、と音を立てて転がっていき、部屋の隅にぶつかって止まる。

その様子を見て、沙羅は目を瞠《みは》った。

たった今まで強い光を放っていたにも拘わらず、その玉は、今はうんともすんとも言わない元の丸い石に変じていたからだ。

「今の現象が、あなたが聖女たる証拠です」

「しょ、証拠って……。どういうことですか……？」

「あの玉は、神が人間に与えし聖なる力を測るための、特別な石でできているのです。その力――『神力』を持つ者が手にすれば、力の強さに応じた光を放つ。……ほら、このように」

そう言いながらエーベルトが玉を拾い上げる。すると今度は、虹《にじ》色の光が放たれ、広間に満ちた。

「神官長たるわたくしを凌ぐ強い光。たった今、あなたは聖女としての素晴らしい力を証明しました」

玉を祭壇に戻しながらエーベルトが厳かな声で告げるが、冗談ではない。

「か、からかわないでください……！」

許容範囲を超えた情報量に頭が破裂しそうになり、とうとう沙羅は甲高い声で叫んでしまっていた。

そんなわけのわからない話に付き合うのは、もううんざりだった。

「聖女とか神力とか、そんなの何かの間違いでしょう⁉　ここが本当に異世界だって言うのなら……お願いだから、元の世界に帰して！」

困惑と衝撃に、声はかすれて震えていた。

これは何かの悪い夢だろうか。昨日、図書室でファンタジー小説を借りたから、その影響でこんな変な夢を見てしまったのかもしれない。

夢なら、早く覚めて――。

そう思ったが、現実はどこまでも残酷だった。

エーベルトは気の毒そうに、けれどきっぱりとした声で言い放った。

「あなたには、聖女としての役割を果たしていただかなければならないのです。それに、召喚の儀は、こちらの世界に呼び出すことはできても、元の世界に戻すことはできません。サラ殿、これは神の思《おぼ》し召しなのです。どうか聖女として、我々をお救いください」

その言葉を聞いた瞬間、混乱は怒りに変わった。

元の世界に帰せない、というのが本当か嘘かはわからない。

けれどどちらにせよ、ここにいる王さまもエーベルトも、端《はな》から元の世界に帰さないつもりで、沙羅たちをこのファランディア聖王国とやらに呼び出したということだ。

まだ小さな美沙まで巻き込んで。

ふつふつとこみ上げる怒りに、しかし沙羅はどうすることもできなかった。

できることなら、美沙を連れて今すぐこの場を立ち去りたい。

けれど、沙羅はそこまで無責任にはなれなかった。

冷静に考えてみて、何の力も持たないただの女子高生が、見知らぬ世界でどうやって生きていけるだろうか。

お金も、仕事も、頼れる人もない。そんな状況で外に飛び出していって、妹を守れるはずがない。最悪、姉妹揃《そろ》ってどこかに売り飛ばされるのが落ちだろう。

今の沙羅には、目の前にいるこの自分勝手な男たちを頼るしか、生き抜くすべがないのだ。

屈辱と悔しさに奥歯を噛《か》みしめ、沙羅はエーベルトを、そしてその後ろでことの成り行きを見守っている国王を睨《にら》みつけた。

「聖女としての役割って、何ですか」

敵意をむき出しにする沙羅に、エーベルトは困ったように眉を下げた。そして、何かを誤魔化すように愛想笑いを浮かべる。

「まあ、それは明日にでもお話しするとして……。今日はお疲れでしょうから、どうぞ部屋でお休みください。今、修道女たちを呼びますから」

その言葉どおり、エーベルトの指示ですぐに修道女たちが現れた。

修道女たちの格好は、沙羅たちのいた世界のシスターとほとんど変わらない。髪をすっぽり覆い隠すヴェールに、禁欲的なロングスカートだ。

「どうぞ、聖女さま。こちらへ」

聖女ではない、と言いたかったが、それを口にすればまた面倒なことになってしまうのだろう。

沙羅は押し黙ったまま美沙の手を引き、修道女たちの先導で広間を出る。

廊下に出ると、虫の鳴き声が耳をついた。

元の世界では春だったが、こちらは初秋といったところか。夏の制服では肌寒く感じられ、沙羅はぶるりと身震いをする。歩廊に忍び入る空気は冷たく、どこか寂しい匂いがした。

革靴の底が石畳を打つ音がやけに甲高く響き、ささやかな虫の声と入り交じって、静けさをより際立たせる。

念のためポケットに入っていたスマートフォンを開いてみたが、当然、電波など入るはずもなかった。

「お姉ちゃん」

少し歩いたところで、こそこそと美沙が話しかけてきた。

「この人たち、外国人？　どうしてこんな変な服着てるの？　さっきのおじさんが言ってた、セージョって何？　おばさんのおうちに帰らなくてもいいの？」

「大丈夫よ、美沙。心配しないで。今日はここに泊まっていくのよ」

ほとんど答えになっていないことは自分でもわかっていたが、まだ幼い美沙に何と説明していいかもわからず、それだけを言うのがやっとだった。

意地悪な伯母の許に帰らなくて済むと知り、美沙は明らかにほっとした様子を見せている。

その無邪気な様子を見ていると、ますます、自分たちが知らない世界に無理矢理連れてこられたのだとは言いにくい。

歩廊にはいくつもの扉が立ち並んでおり、それぞれに模様の違うプレートがついていた。何かの紋章のようにも見えたが、沙羅にとっては意味のわからない記号でしかない。

修道女たちはその内のひとつの前で立ち止まり、足を踏み入れるよう促した。

「こちらが、聖女さまと妹さまのお部屋でございます」

「ありがとうございます……」

一歩踏み出すなり、焦げた木の匂いが鼻腔《びこう》をくすぐる。

「わあ、暖炉だ！」

嬉《うれ》しそうな声を上げながら、美沙が部屋に飛び込んだ。

揺らめく赤い炎と、パチパチ、と薪《まき》の爆《は》ぜる音は、電気ストーブに慣れた身には新鮮である。

沙羅は扉近くで立ち止まり、室内の様子を見回した。

壁も床も灰色の石でできており、目線の位置に小さな窓がひとつ、ついている。

素っ気ない印象の部屋だが、生活するには十分な設備が整っているようだ。

恐らくは、修道女か神官が寝泊まりするための部屋なのだろう。壁には、この世界の神々と思しき翼の生えた男女の織り込まれたタペストリーが飾られており、小さな祭壇もあった。

「浴室はあちらの扉の奥にございます。寝衣などお召し替えに必要なものはこちらでご用意させていただきましたが、他にご入り用なものがございましたら、何なりとおっしゃってくださいませ」

修道女たちが深々と頭を下げる。慇懃《いんぎん》な態度に、沙羅はまるでお嬢さまか姫君にでもなったかのような気分だ。

聖女というのは、この世界でそれほどまでに恭しく扱われるべき存在なのだろうか。

だがどんなに礼を尽くされたところで、実際は、自由のない虜囚と変わらない。

釈然としない思いで佇んでいると、横から美沙が袖《そで》を引っ張ってきた。

「お姉ちゃん、おなかすいた……」

「美沙……」

そう言えば、帰り道の途中でこの世界に召喚されてしまったため、夕飯を食べていないことを思い出す。

沙羅は、部屋を出ようとしていた修道女を呼び止めた。

「あの、よかったら妹に何か食べるものをいただけませんか？　軽いものでいいんですけど……」

「かしこまりました、聖女さま。すぐにご用意いたします」

すぐに、という言葉に違《たが》わず、それから十分も経たない内に、室内にはたくさんの料理が運び込まれた。

サラダにシチュー、パンにヨーグルト、焼き菓子にフルーツ……。

こんなに食べきれない、というほどのごちそうを前に、美沙は無邪気にはしゃいでいる。

「うわぁ、おいしそう！　お姉ちゃんも早く食べようよ！」

「う、うん……そうね」

正直に言えばこのあまりに非現実的な状況に、腹など少しも空いていなかった。だが、そう言えばきっと美沙が心配してしまうだろう。

食卓に着くと、沙羅は無理矢理パンを口に運び、牛乳で流し込んだ。

美沙が満腹になったのを見計らったかのように、修道女たちが残った料理を下げに来る。

ついでに暖炉の火を消してくれたのは助かった。沙羅ひとりでは、消し方なんてわかるはずもない。

「ありがとうございます。ごちそうさまでした」

「また明朝、お食事を運んで参ります。それでは、お休みなさいませ」

そう言い残して、修道女たちは去っていった。

ふたりきりになった室内で、沙羅は、これからどうしたものかと考えあぐねる。しかしいくら悩んでも、ただの女子高生に何かができるわけもなく、ただ無意味に時間を浪費したに過ぎなかった。

とりあえず今日は寝支度を整え、おとなしくベッドに入る他ないだろう。

「美沙、お風呂《ふろ》入ろうか？」

「うん、入る！」

元気のよい返事を聞いて、沙羅は美沙が一緒でよかったと心底感じていた。

自分ひとりであったなら、見知らぬ世界に召喚された孤独に、きっと耐えられなかっただろう。もちろん、この状況に美沙が巻き込まれた事は歓迎すべきではないけれど。

——そうして湯を使い、ふたりしてベッドに潜り込んだ後も、沙羅はしばらく眠れなかった。

自分はこれからどうなってしまうのだろう。

エーベルトとあの王さまは、沙羅に何を望んでいるのだろう。

聖女といえば、物語の中では世界を救ったり、勇者とともに魔王を討伐したりするものだが、果たして自分にそのようなことができるとは到底思えない。

沙羅は何の取り柄もない、ただの女子高生なのだ。

勉強はどちらかというとできるほうだったが、そんなことが聖女として役に立つとも思えない。

どうか目が覚めた時には、すべてが夢でありますように。

そう願いながら、沙羅はいつの間にか微睡《まどろ》み、深い眠りについたのだった。

◆

そうして目覚めた翌朝、ぼやけた視界に飛び込んできた石造りの天井に、沙羅は軽く絶望を覚えた。

やっぱり、夢じゃなかった……。

少しだけ、期待していたのだ。もしかしたらこれは夢で、目が覚めたら親戚の家のベッドの上にいた、なんてことを。

落胆しながら身体を起こすと、隣では美沙が涎《よだれ》を垂らしながら眠っている。

「のんきな寝顔……」

呆《あき》れ半分、微笑ましさ半分といった声で呟きながら、沙羅はベッドを抜け出した。

小さな木窓を開け、室内の換気をする。

窓からは切り取られたような青空がのぞいており、小鳥の声とともに外気が入り込んですがすがしい。

ひとしきり深呼吸を繰り返した沙羅は、洗面所に向かい、顔を洗ったり歯を磨いたりする。

生活習慣の違いを密《ひそ》かに心配していたが、戸棚に歯ブラシとうがい薬を見つけた時は心底嬉しかった。中世ヨーロッパ風の世界ではあるが、沙羅の知っているその時代より文化レベルは高そうだ。

歯磨きを終えた後は鏡台の前で髪を梳《す》き、持っていたゴムでひとくくりにする。

服は……と、何となくクローゼットの扉を開けると、いくつかのドレスがあった。

いつの間に用意したのか、沙羅だけでなく美沙の分まで用意されている。恐らく誰かからの借り物なのだろうが、準備の速さに驚いてしまう。

どれもリボンやフリルがふんだんに使われており、着るのに躊躇《ちゅうちょ》するようなデザインばかりだ。この世界では普通なのだろうが、現代日本で暮らしていた沙羅が着るにはハードルが高い。しばらく迷った末に、沙羅は着慣れたブレザーを身につけた。少し寒いが、あんな似合わないドレスを着るよりよほどいい。

着替え終えた沙羅は寝室に戻り、美沙を軽く揺さぶった。

「美沙、起きて」

「んー……」

美沙はのっそりとした動きで起き上がり、寝ぼけ眼をごしごし擦りながら、沙羅に焦点を合わせる。

「……おはよう、お姉ちゃん……」

「おはよう。多分もうすぐご飯だから、起きて準備しておこうね」

「うん……」

のろのろと起き上がった美沙を洗面所まで連れて行き、朝の支度を手伝う。

肩までの髪を結ってやり、服を着せて——そうしている内に、廊下のほうからパンを焼く匂いが漂い始めてきた。

「いい匂いだね」

美沙が鼻をくんくんさせながら、嬉しそうに笑った。

妹のこんな顔を見たのは久しぶりだ。

両親が亡くなってからというもの、親戚に邪険に扱われ、美沙の顔からは徐々に笑顔が失われていった。

皮肉にも身勝手な異世界召喚をされたおかげで、美沙の屈託のない笑みを見ることができたのだ。それを素直に喜ぶこともできず、複雑な気持ちになってしまう。

「聖女さま、おはようございます。ご朝食をお持ちいたしました」

「あ……どうぞ」

昨日の今日だから当然だろうが、聖女と呼ばれることにはまだ、慣れそうにない。鈍い反応で入室を促すと、すぐに修道女たちが姿を現す。

彼女らは手にそれぞれ料理を持っており、てきぱきと食卓の準備を整え始めた。

「あの、エーベルトさ……神官長は？」

「神官長さまは、お食事の後にいらっしゃいます」

問いかければ丁寧に答えてはくれるものの、修道女の声や表情には温度が感じられない。あまり会話をしたがっていない様子だ。

無理に話しかける理由もなかったが、避けられていると思えば少し落ち込んでしまう。沙羅はため息をつきながら、着席した。

――エーベルトが現れたのは、食事を終えてしばらく経ってからのことだった。

傍らには国王も共におり、沙羅を見るなり「おや」という顔をした。

「用意したドレスは？　気に入らなかったか」

「わたしには似合いませんので」

きっぱりとそう言った沙羅は、傍にいた美沙の肩にそっと触れる。

「美沙、寝室でお絵かきをしておいで。お姉ちゃんは、このおじさんたちと大事なお話があるから」

「うん、わかった！」

「いい子ね。終わったら呼ぶから、少し待っててね」

美沙が寝室に引っ込んだのを見計らい、沙羅は改めて国王たちと向かい合った。

「それで……わたしの、聖女としての役割というのは一体何なんですか？」

口調と視線が険しくなってしまうのは仕方のないことだろう。

意に反して異世界に連れてこられたら、きっと誰でもこうなるはずだ。ましてや、妹まで巻き込まれたとなればなおさら。

国王は一瞬ひるんだような表情を見せたが、気を取り直すように咳払《せきばら》いをし、エーベルトにちらりと視線を向けた。

それを受け、エーベルトが小さく頷く。

「まあ、立ち話もなんだからまずはお座りなさい、サラ殿」

渋々と、沙羅は椅子《いす》に腰掛けた。向かい側に国王とエーベルトが腰掛け、室内にはどこか重い沈黙が落ちる。

やがて、エーベルトが口を開いた。

「実は近頃、我が国で若い娘が行方《ゆくえ》不明になる事件が頻発しておりましてな……」

「行方不明？」

「ええ。それも、被害にあったのは神力を持つ巫女《みこ》ばかり――。恐らくは悪魔の仕業であると、我々は考えております」

悪魔なんて、と普段の沙羅なら笑っていたところだろう。

しかし、異世界召喚という非現実的な現実を前にすれば、もはやどんなことが起こっても不思議ではない。

「古《いにしえ》からの伝承にあるように、悪魔とは残虐で卑劣な生き物です。神力の強い娘の血肉を喰《く》らって何百年もの時を生き長らえ、我々人間を苦しめてきました。やつらは己の欲を満たすために、我が国の巫女を幾人も手にかけたのです」

さも恐ろしげにぶるりと震えながら、エーベルトは己の身をかき抱く。そして声を潜め、周囲を窺《うかが》うようにしながら、更に言葉を続けた。

「おぞましい悪魔どもを鎮めるために、我々神官たちは幾度もの話し合いを重ねました。そうして出た結論が、我が国で最も高貴で、神力の強い娘を魔王の生贄《いけにえ》として差し出すことだったのです」

「魔王の、生贄？」

「ええ、そうです。五十年ほど前、悪魔の呪《のろ》いによる干魃《かんばつ》で国が荒れた際も、生贄を差し出すことで事態が収束に向かいました」

エーベルトの言葉に、沙羅は何とも言えない表情を浮かべた。

もし本当に彼の言うとおり悪魔が犯人なのだとすれば、生贄ひとり差し出した程度のことで事態が落ち着くだろうか。とてもそうは思えないのだが。

そんな沙羅の疑問を置き去りにし、国王が話を引き継ぐ。

「生贄として最も適任だったのは、我が娘サラベル王女じゃ」

「サラベル……」

王女の名前を聞き、昨日、エーベルトが沙羅の名前を聞いた時に奇遇だと言っていたことを思い出す。

じわじわと嫌な予感に胸騒がせている間にも、国王は話を続けた。

「サラベルは神力も強く、また高貴であることは言うまでもない。――しかし娘を悪魔の生贄に捧げるなど、親として到底承諾できぬ」

「……だから、わたしを召喚したんですか？」

愕然《がくぜん》としながら、沙羅は震える声で問いかけた。

「話が早くて助かる。そのとおりじゃ。できるだけサラベルに似た容姿をした、神力の強い娘という条件で探した結果、そなたが現れた」

当然のことのように頷く国王の言葉に、頭をガンと殴られたような気分になる。

生贄というやり方に対する賛否はこの際置いておくとしよう。

だが、この話の流れでいくと、沙羅はそのサラベル王女の身代わりになるべくしてこの世界に召喚されたということになる。

王の親心は、もちろん理解できるつもりだ。大事な娘を生贄に捧げたくないという気持ちもわかる。

でも、悪魔に生贄を捧げると決めたのは、他ならぬ国王たちのはず。

どうして、わたしが身代わりにならないといけないの……⁉

何の関係もない異世界人であれば、犠牲にしていいとでも思っているのだろうか。だとすれば、彼らはまともな倫理観も道義心も持ち合わせていないに違いない。

「そなたには悪いと思っておる」

申し訳なさそうに、国王は言う。けれど内心は、娘を差し出さずに済んで安堵しているはずだ。

謝るくらいなら、最初から異世界召喚なんてしないでほしかった。

国王を睨みつけると、彼は気まずそうにこほんと咳払いする。自分たちの言い分がどんなに勝手なのか、わかっている証拠だ。

「聖女よ。これは我が国を救うためなのじゃ。悪魔の……魔王の許に、行ってくれぬか。どうか、頼む」

それは懇願という形の、命令だった。

魔王の生贄になるというのは、一体どういうことなのか。それを想像できないほど、沙羅は愚かではない。

咄嗟に「いやです」と叫びそうになったが、ある嫌な予感が胸をよぎり、すんでのところで言葉を呑み込んだ。そして、恐る恐る問いかける。

「わたしが……断ったらどうなるんですか？」

「こちらとしても心苦しいですが、ミサ殿を人質に取るしかありますまい」

エーベルトの言葉は、沙羅が予想していたとおりの最悪の答えだった。

一縷《いちる》の望みにすがるように国王に目を向けたが、ただ視線を逸《そ》らされただけだった。

かっと頭に血が上り、気づけば沙羅はガタンと椅子を鳴らして立ち上がりながら、大声で叫んでいた。

「最低！　この卑怯《ひきょう》者‼」

信じられなかった。

自分たちの都合で、何の関係もない人間を勝手に召喚しておきながら、あまつさえ身内の命を盾に「生贄になれ」と脅すなんて。

それなのにエーベルトは、まるで沙羅のほうこそ間違っているかのように、やれやれと首を横に振る。そして、きっぱりとこう言い放ったのだ。

「神が我らに与えたもうた神力によって、サラ殿、あなたは召喚されたのです。つまりこれは、神がこの行為をお許しになったということに他ならない」

「……」

もはや、呆れて言葉も出なかった。

自分たちの非人道的な行為を神の名の下に正当化するなんて、なんと不遜《ふそん》な人たちなのだろう。

何が聖なる王国よ……！　ただの傲慢じゃない！

感情を抑えることができず、沙羅は嫌悪に表情を歪《ゆが》ませる。

言いたいことは色々あった。普段であればとても口にしないような、酷《ひど》い言葉を吐き捨てそうにさえなった。

だが悔しいことに、今現在、沙羅と美沙の命はこの男たちの掌中にあるのだ。

自分だけならまだどうなってもいい。だが、美沙には指一本たりとも触れさせるわけにはいかない。両親が亡くなった際、ふたりの棺《ひつぎ》の前で、美沙のことだけは何をおいても自分が守り抜くと誓ったのだ。

「ミサ殿が大事なのだったら、どうかおとなしく聖女としての役割をまっとうなさることですな」

「なに、心配するでない。そなたさえこの役目を果たしてくれるのなら、妹は手厚く庇護《ひご》しよう。貴族の姫にも劣らぬ生活を送らせてやるぞ」

脅迫じみた神官長の言葉と、恩着せがましい王の言葉に、吐き気すら覚える。だがそれ以上に、自分の力のなさが悔しかった。

唇を噛み、屈辱と怒りを堪《こら》える。そして、低く押し殺した声で国王に問いかけた。

「約束……してくれますか。わたしが生贄になり、死んだとしても、妹の……美沙の面倒を見てくれると」

「もちろんだとも。神の御名《みな》に誓って、そなたとの約束を違えることはない」

その神の名とやらにどれほどの効力があるのかわからないし、彼らが約束を守る保証もどこにもない。沙羅がいなくなった途端、美沙を放り出す可能性だってあるだろう。

だが、これだけは確かだ。沙羅が行かねば、美沙に危険が及ぶ。

だとすれば、沙羅にできることはひとつ。彼らの言うことに従い、生贄として魔王の許へ赴くことだけだ。

「わかりました……。魔王の許へ、行きます」

エーベルトはあからさまに安堵の表情を浮かべている。

国王は顔をぱっと喜色に染め、沙羅の手を取り握りしめた。

「おお、そうか！　行ってくれるか！　感謝するぞ、聖女よ」

国王からの感謝の言葉という栄誉も、沙羅の心には何ら響くことはなく、ただの雑音と変わらず耳を通り過ぎるばかりだった。

◆

その二日後、沙羅のために盛大なパーティが催された。

明日の出立を前に、「聖女を讃《たた》える宴《うたげ》」と称して国王が主催したものだ。

そんなものに一瞬でも顔を出したくなかったが、主役がいないと格好がつかないとエーベルトに押し切られる形で、沙羅も参加することとなった。

詰め襟の白いドレスを着せられ、特別に設けられた高座の席に『聖女』として腰掛ける自分は道化のようだ、と思う。

その席で、沙羅は初めてサラベル王女の姿を目にした。沙羅と同じ黒髪に黒い瞳をした、小柄な少女である。国王の言っていたとおり、どことなく面立ちが沙羅と似ていた。

王女は沙羅を見るなり満面の笑みを浮かべ、手を握りしめてきた。

「聖女さまの勇気を讃え、献身に感謝いたします。我が国を救ってくださり、ありがとうございます」

邪気のない言葉に何と答えればいいかもわからず、沙羅は黙り込むしかなかった。

王たち曰く、王女には沙羅が彼女の身代わりとして召喚されたことを知らせていないそうだ。そうしなければ、心優しい彼女が気に病むだろうと。

まったくふざけた話だが、王女に罪はない。

適当に話を切り上げると、沙羅は逃げるように王女に背を向けた。そうでもしなければ、何も知らない彼女にまで恨み言を言ってしまいそうだった。

パーティの最中は、国王が壇上に沙羅を呼び出して激励と感謝の言葉を述べたり、楽団が聖女を讃える曲とやらを演奏していた。だが、そんなものはありがたくも何ともない。

本当なら、今すぐにでも元の世界に帰してほしいと訴えたかった。

帰っても伯母たちにいじめられる生活が待っていることは、もちろんわかっている。それでも、少なくともあと一年我慢すれば、美沙を連れて家を出て、ふたりだけの生活を送れるはずだったのだ。

パーティは二時間ほどでお開きとなったが、沙羅は終始暗い表情のままだった。

部屋に戻り、寝る準備を終えた沙羅は、美沙をベッドの端に座らせて向かい合った。そうして、あらかじめ用意していた言葉を伝える。

「美沙。お姉ちゃんは明日から、お仕事で遠いところに行かないといけないの」

「えっ？」

突然の言葉に、美沙は驚いたように目をぱちぱちとしばたたき、不安そうな表情を浮かべる。

「お姉ちゃん、遠くに行っちゃうの……？　すぐに帰ってくる？」

「いつ帰ってこられるかはまだわからないの。でも、お姉ちゃんがいない間、美沙の面倒をちゃんと見てもらえるように、あのおじさんたちにお願いしたからね」

努めて明るく告げたのは、そうしなければ涙が零れてしまいそうだったからだ。

泣いたら美沙を不安にさせてしまう。幼くとも、何かに勘づいてしまうかもしれない。

だからこそ沙羅は、何でもないように振る舞う。

「お姉ちゃんがお仕事している間、美沙はいつもどおりいい子にして待っててね。大丈夫、おいしいご飯もいっぱい食べられるし、きれいな服も着せてもらえるよ」

微笑《ほほえ》んで、美沙が喜ぶようなことを口にした。

それなのに、美沙は少しも嬉しそうではなかった。下を向き、震える声でぽつんと呟く。

「そんなのやだ……」

「美沙……」

「やだよ、お姉ちゃん」

俯いた美沙の目の縁にみるみるうちに涙が盛り上がり、こぼれ落ちていく。

彼女は首を横に振り、いやいやと首を振って沙羅の言葉を拒絶した。

「行かないで、どこにも行っちゃやだ！」

「美沙……。ごめんね、でもお姉ちゃんがお仕事に行かないと、この国の人たちが困っちゃうんだって」

「そんなの知らない！　美沙はお姉ちゃんと一緒にいたいの！」

わっと泣き声を上げながら、美沙が沙羅に抱きつく。

腹部がじわじわと美沙の涙で濡れるのを感じながら、沙羅はぐっと奥歯を噛んで涙を堪えた。うっすらと視界が滲むのを、上を向くことでなんとか誤魔化しながら、美沙の頭を撫でる。

沙羅だって美沙と一緒にいたい。

死にたくなんてない。

でも、美沙が死ぬのはもっと嫌なのだ。妹にだけは、平穏で幸せな人生を送ってほしい。

それが、沙羅の一番の願いだった。

◆

美沙が泣き疲れて眠ってからも、沙羅は一睡もすることはなかった。

朝になれば、生贄として悪魔の国へ赴かなければならない――。そんな状況で、眠れるはずがなかった。

空が白み始めるより前に、沙羅はこっそりベッドを抜け出して支度を整え始める。

聖女のためにと用意された白いドレスは、まるで花嫁衣装のように美しい。

ドレスを身に着けた沙羅は、懐に国王が魔王へしたためた書簡と、スマートフォンを忍ばせた。

通話もメールもできないけれど、画像フォルダの中には美沙と撮った写真がたくさん詰まっている。せめて死ぬまでの間くらい、思い出に浸りたい。

幸いにして美沙は沙羅がベッドからいなくなったことに気づかず、多少の物音では目覚めることもなく眠り続けていた。

涙の痕《あと》が残る妹の寝顔を眺め、沙羅はごめんね、と囁く。

一緒にいてあげられなくて、成長を見届けてあげられなくて。そして、嘘をついてごめんねと。

やがて未練を断ち切るように、きびすを返して部屋を後にした。

部屋のすぐ外には見張りの兵士と修道女が控えており、沙羅のことを待っていた。

国王とエーベルトの姿はない。生贄に行くことが決まったら、もう後は用なしということなのだろう。見送りにすら来ない薄情さは、潔いとさえ思える。

「さあ、参りましょう、聖女さま」

「はい……」

兵士たちの先導で大聖堂の外へ出て、綺麗《きれい》に刈られた芝をさくりと踏むと、青臭い匂いが鼻をついた。

空は皮肉なほど綺麗な青に染まっており、雲ひとつない爽《さわ》やかな秋晴れだった。

異世界でも、空は青いんだ。

そんなことに感動を覚えながら、沙羅はすっと息を吸い込む。

静謐《せいひつ》な朝の空気が体内を満たしていくのを感じた。

こうして空を見るのも、空気を吸うのも、地面を踏みしめるのも今日まで。そう思えば、当たり前のことさえ特別に思えてくる。

空の色を胸に刻んだ沙羅は、修道女たちに向かって深々と頭を下げた。

「……妹のこと、よろしくお願いします」

そうして、準備されていた馬車に乗り込む。

馬車はこれから、悪魔たちの住むガルディア王国へ向かうそうだ。

ガルディアとファランディアの国境には『黒い森』と呼ばれる大きな森があり、魔獣が潜んでいるらしい。

魔獣を恐れ、人間たちは誰もその森に近づきたがらないと、エーベルトは言っていた。

そのため、沙羅も森の入り口で降ろされたら、後はひとりでどうにかしろと命じられている。

沙羅の役割は、ファランディア国王の書簡を魔王へと届けること。そして、ファランディアを救うための犠牲となること。

それ以外のことは指示されていない。というより、指示しようがないのだろう。

ファランディアには、ガルディアへ行ったことのある者が誰一人として存在しないのだから。

皮肉なことに、ファランディアの民は自分たちを「神に守護された存在」と謳《うた》いながらも、悪魔のことを何より恐れていた。

滑稽な話だ。神に守られた存在であるのなら、わざわざ悪魔に生贄を捧げずとも、その神に祈ればいいのだ。

だがきっと彼らは、その矛盾に気づいてはいないのだろう。指摘したところで、間違いを正すとも思えない。

それにしても、沙羅にとって悪魔と言えば魔界や地獄に住んでいるイメージが強かったが、どうやらこちらの世界では違うらしい。

国民ひとりひとりが悪魔だなんて、漫画や小説のネタであれば面白かったのだろう。しかし不運なことに、これは現実だ。

面白いなどと思えるはずもなく、沙羅は馬車の中で物憂げなため息をつくしかなかった。

◆

――黒い森がざわついている。

魔王ヴァルドールは気に入りの葡萄《ぶどう》酒を傾けながら、端整な顔を歪ませた。

銀の長い髪。赤い瞳に、捻れた大きな角。そして左の瞼《まぶた》から頬にかけて浮かぶ、魔族の王たる証《あかし》である血色の紋様。

人間にしておよそ三十代半ばほどの外見をした彼は、低く艶《つや》のある声で不快げに呟く。

「よそ者か」

侵入者あり……と、森の意思がヴァルドールに教えてくれていた。

くりぬかれた大きな丸い窓の傍に寄ると、三ツ目の骨烏《ほねがらす》が甲高い鳴き声を上げながら飛んでくる。

《主《あるじ》さま、主さま。人間が生贄を送り込んできたようです》

「……またか。そのようなものは必要ないというのに」

使い魔のもたらした知らせに、ヴァルドールはうんざりとしてため息をついた。

人間の国である隣国ファランディアから生贄が送られてくるのは、これが初めてのことではない。

前回はたしか、五十年ほど前だったか――。

干魃で川が涸《か》れ、実りを得ることができなくなったのを、魔族の呪いによるものと思ったらしい。供物として捧げられた女は、自分を食べていいからどうか故郷に恩恵を……とわけのわからないことを言っていた。

冗談ではない。

魔族の持つ能力は、天候を左右するような大それたものではないのだ。

自然は神が創《つく》り出したもの。そこに干渉するようなことができるはずはない。

しかも、どうやら人間たちは魔族のことを、『人間を喰らう化け物』とでも思っているらしい。

だからこそ生贄を送ってきたのだろうが、魔族の食べ物は人間と変わらない。人肉などというゲテモノを食べるはずもなく、生贄の女は適当に脅して追い返した。

今回も同じことだ。

「小魔獣どもをけしかけて、森から追い出してやれ」

ぞんざいな口調で命じると、骨鳥は頷き、風を切る音を立てながら森のほうへ下降していく。

それを見届け、ヴァルドールは長椅子に腰掛けた。

円卓の上には、丸い石がある。それに手をかざすと、石はみるみるうちに黄金色に染まり、やがて森の光景が映し出された。

『千里の瞳』と呼ばれるこの水晶は、代々魔王の間で受け継がれてきた宝だ。この大陸のどの場所でも見通せる、便利な魔道具である。

鬱蒼《うっそう》と茂った暗い森の中の、道とも言えぬ道を歩いているのは、やけに小柄な人間だった。

頭からすっぽりと布をかぶっており、顔は見えない。が、白いドレスに包まれた華奢な腰や、ふっくらと控えめに膨らんだ胸から、まだ年若い女だと判断する。

彼女も、自分の意思とは関係なくこの森へ送られたのだろう。

それを考えれば少し可哀想《かわいそう》だが、怖いのは一瞬だけだ。後は故郷に帰るなり、あるいはそれが叶わぬならよその国へ逃げるなりすればいい。

不安げな足取りで森を進む女は、時折骨鳥の鳴き声を耳にしては、びくりと身を震わせる。

そんな彼女の背後から、密かに近づく小さな影があった。

猿のような外見、灰色の毛並み、そして尻尾《しっぽ》の部分はうねうねと動く蛇というそれは、森に潜む小魔獣、マグラーヴだ。

ガサガサ、と森の木々を揺らしながら、マグラーヴは徐々にその数を増していく。
二十、三十……いや、もっとか。何十匹ものマグラーヴが木から木へ移動するたび、ガサガサと葉擦れの音が立った。
風の戯れで済ませるにはあまりに露骨なその音に、女の歩みが止まる。

そうして、彼女が上空を振り仰ごうとした瞬間だった。

一匹のマグラーヴが木から飛び降り、女の前にその姿をあらわにしたのは。

「きゃぁぁッ！」

人間の国では決して目にすることのないであろう生物の出現に、女が悲鳴を上げながら腰を抜かす。

それを皮切りに、マグラーヴたちは次々に彼女へ襲い掛かった。

とは言ってもヴァルドールの命じたとおり、怪我《けが》を負わせるようなことはしない。

肩に乗ったり、ドレスの裾を引っ張ったり、足にしがみついたりするだけだ。

それでも、人間の女にとっては十分な恐怖だっただろう。

「いやっ、やめて……！　あっちに行って……！」

両手を振って何とかマグラーヴたちを追い払おうとしているが、その声は弱々しい。

そろそろ、逃げ帰りたくなった頃だろう。

小魔獣たちを退かせようと腰を浮かせかけたヴァルドールの目に、ある光景が飛び込んできたのはその時だった。

一匹のマグラーヴが、女の頭を軽くはたくようにして威嚇する。すると目深に被《かぶ》っていた布が落ち、絹糸のように舞う長い黒髪と共に女の顔があらわになったのだ。

その瞬間。

ヴァルドールの心の中で、何かがぽんと芽吹く音を立てた。

――この衝撃を、なんと表現したらいいのだろうか。

ヴァルドールの目は、女の……いや、少女の顔に釘付けになる。

きめ細やかな象牙色の肌。すっと通った鼻梁《びりょう》。さくらんぼのように慎ましく色づいた、愛らしい唇――。

涙の滲んだ黒い瞳と、偶然にも水晶越しに目が合う。

その瞬間、ヴァルドールは陶然とした声で呟いていた。

「天使だ……」

何て可愛らしいのだろう。こんなに可愛らしい少女を、ヴァルドールは今まで見たことがない。

今、水晶越しに見ている存在は、あまりの愛らしさゆえにその罰として羽を奪われ、天界を追われた天使に違いない。きっとそうだ。

しかもただの天使ではない。この少女は愛の天使で、たった今ヴァルドールの胸を、矢で射貫いたのだ。それはありとあらゆる生き物を恋という底なし沼に落とす、天界の黄金で作られし愛の矢――。

「我が、天使……」

きゅん、と甘く疼《うず》く胸を両手で押さえながら、ヴァルドールはぽうっと頬を赤く染める。

まるで、冬の寒さで凍った湖の氷が、春の息吹《いぶき》と共に溶け始めるかのような気持ちだ。

世界は鮮やかに色づき、心の中に優しい色合いの花が咲く。頭の中では小鳥が愛の歌をさえずり、動物たちが求愛のダンスを踊っていた。

しかし、すぐにハッと我に返った。

ぽわぽわとしている場合ではない。悪《あ》しき小魔獣たちの手から、急いで天使を救い出さねば。

自らがその小魔獣をけしかけたことなど完全に頭の片隅に追いやり、ヴァルドールは窓枠に足をかけた。

その瞬間、ばさりと大きな羽ばたきの音を立て、背から黒い羽が現れる。

今行くぞ、我が天使……！

羽で風を切りながら、ヴァルドールは勇ましく黒い森へと降り立つ。

森の中ではいまだに、マグラーヴが少女を襲っているところだった。

「いやぁっ‼」

少女の絹を裂くような悲鳴を耳にした瞬間、ヴァルドールの頭にかっと血が上る。

我が天使に危害を加えるとは、何事だ！

その怒りはそのまま、声となって外に飛び出していた。

「不埒《ふらち》者めが！　その娘に手を出すな！」

《えっ。で、ですが、これは先ほど魔王さまご自身が命令を――》

しまった、そうだった。

戸惑うような骨烏の言葉でようやく自らの発言を思い出したヴァルドールだったが、もはや後には引けなかった。

「と、とにかくもういい！　向こうへ行け！」

慌てながら「しっしっ」と骨烏たちを追いやると、彼らは解せぬという様子で去っていった。

すまない。後で大好物の林檎をやるから赦《ゆる》せ。

心の中で小魔獣たちに謝罪したヴァルドールは、こほんと咳払いをして少女と向き合う。

そうして、やや腰をかがめて手を差し出した。

もちろん、いつもより凛《りん》とした声と表情を作ることも忘れない。やはり第一印象は大事である。きりりと表情を引き締め、艶のある低音で優しく少女に話しかけた。

「怖い思いをしたな。もう大丈夫だ。怪我はないか？」

「は、はい。ありが――」

ヴァルドールの手を取りながら口を開いた少女は、凍り付いたかのように言葉と動きを止めた。

その視線は、まじまじとヴァルドールの頭の角や、背中の羽に向けられている。

「悪魔……」

青ざめた唇からそんな言葉が漏れ、ヴァルドールはほんの少し傷ついた。

人間は、魔族のことを「悪魔」と呼ぶ。何も悪いことをしていないにも拘わらず、だ。

この少女も恐らく、周囲の人間がそう呼んでいる中で育ち、自然とそう呼ぶようになったのだろう。

翼を畳みながら、ヴァルドールはもう一度こほんと咳払いをする。

「……我らは、自分たちのことを魔族と呼んでいる」

その言葉に、少女はハッとしたように目を瞬かせた。

そうして地面に額《ぬか》ずき、うわずった声を上げる。

「ご……、申し訳ございません……！」

震えながら謝っているのは恐らく、ヴァルドールを怒らせたと思ったからだろう。

確かに、一部の魔族の中にはその呼び方を極端に嫌う者もいるが、ヴァルドールはその程度で怒るほど狭量ではない。

そんなことより、彼女の愛らしい顔が土で汚れてしまうほうが問題だ。

肩に手をかけ顔を上げさせると、ヴァルドールは彼女の黒い瞳を覗《のぞ》き込んだ。

滲んだ涙に月の光が反射して、まるで星屑のようにきらきらと光っていた。

「そなた、名前は？」

「わ、わたしは、サラと申します。ファランディアの王女でございます」

サラ。

そのたった二文字の響きが、まるで天上の音楽のように思える。

頭の中でサラという名を反芻《はんすう》するヴァルドールへ向けて、彼女は再び口を開いた。

「魔王陛下に生贄としてこの身を捧げるため、ファランディア聖王国より参りました。我が父、ファランディア国王バルドゥイン二世より書簡を預かっております」

細い指が、懐に潜り込み、封筒を取り出す。しかしヴァルドールはそれを無視し、サラの片手を恭しく取った。

「ヴァルドール、と」

「え……？」

「ヴァルドールと呼んでくれ。それが私の名だ」

誰かに助けを求めるようにサラの視線が彷徨う。しかし今この場には、ヴァルドールと彼女しかいない。

戸惑うそぶりを見せた末、サラはおずおずと口を開いた。

「ヴァルドール、さま……ですか？」

「呼び捨てでいい」

「ヴァ、ヴァルドール……？」

胸が引き絞られたかのように、きゅうぅぅぅんと疼いた。

ああ。

彼女の可憐な唇から紡ぎ出される己の名は、なんと甘美な響きを帯びているのだろう。

これまで生きてきた中で、自分の名前をこれほどまでに尊く思ったことはない。というか彼女に呼ばれるのであれば、どんな妙な名前でも受け入れられる気がする。ペロリンチョスとか。

感動を噛みしめながら、ヴァルドールはゆっくりと頷き、厳かに告げた。

「サラ。生贄として捧げられた以上、私のものになる覚悟があると考えてもよいか」

「は、はい。この身は、あなたへ捧げられたものです。どうか、お好きなようになさってください」

そうか、好きなようにしていいのか。

ということはつまり、あんなこともこんなことも、そんなことまでしてよいのだな。

頭の中が様々な桃色の妄想で満たされ、ついニヤニヤしてしまいそうになる。

しかし魔王たるもの、常に威厳を保っていなければならない。特にサラの前であれば、なおさら格好悪いところを見せるわけにはいくまい。

ひくひくと唇の端を戦慄《わなな》かせながら、ヴァルドールはあえて難しい顔を作る。そしてサラの手の甲に口づけをし、厳かに言い放った。

「――では、そなたは今日より私の妃《きさき》となれ。よいな、サラ」

よし、決まった。

ヴァルドールは心の中で握りこぶしを固めた。

二話　メロメロになった魔王様

百合《ゆり》のようなかぐわしい香りが漂っている。

温泉のようなだだっ広い浴槽に浸かりながら、沙羅は湯の表面に映る自分の困惑顔を見つめた。

わけがわからない。

森で下ろされ、化け物たちに襲われ、魔王に助けられた。

そうして覚えたとおりの挨拶《あいさつ》を口にした後、魔王――ヴァルドールによって、この魔王城へ連れてこられた。

そこまではいい。

しかしなぜか、沙羅は城で専用の広い部屋を与えられ、美味《おい》しい食事を出され、今こうして風呂に入っている。

専属の侍女になったとかいうミリアナと名乗る女性に、丁寧な挨拶までされた。

曰《いわ》く、「魔王陛下のお妃さまにお仕えできて光栄です」とかなんとか……。

本当に、わけがわからない。

食事をとらせてくれたのは、最後の情けなのだろうと思えばまだ理解できる。

風呂に入れたのも、野菜を洗うのと同じ感覚だろう。

「人間だって、泥まみれのジャガイモやニンジンなんて、食べないもんね……」

頷きながら、沙羅は頭の中を整理する。

だが、どうしてもわからない。生贄に、専用の部屋や侍女が必要なのだろうか。

「それに……。わたしが魔王の妃って、どういうことなの？」

水面の自分に問いかけても返事などあるはずはなく、ただ頼りなくゆらゆらと揺れるばかりだ。

妃というのは、王や王子の妻のことだったはずだ。決して、生贄にふさわしい呼称ではない。

それとも、ガルディアではまた違う意味でもあるのだろうか。例えば『食料』とか。

地球においても、例えばイタリア語の『タベルナ』を日本語に訳すると『食堂』という意味である、というようなことは多々あるし、人間と魔族との間で、言語の持つ意味が違うということは大いに考えられる。

それにしても、これからどうやって食べられるのだろう。

頭からガブリといくのか、それとも指先から少しずつ囓《かじ》られるのかはわからないが、痛いのは苦手だから、あまり痛くしないでほしい。

麻酔注射はないかもしれないが、よく効く痛み止めをもらえないかお願いしてみようか。

そんなことを考えていると、浴室の外から声をかけられた。

「サラさま、お湯加減はいかがでしょうか？」

「だ、大丈夫です！　もう上がります！」

ざばりと湯の音を立てて立ち上がった沙羅は、用意していたバスタオルを身体に巻いて浴室を後にした。

脱衣所にはミリアナが待っており、手に、畳まれたピンク色の布を持っている。

ミリアナは、形状こそ違えど、ヴァルドールと同じように角の生えた女性だ。ロングスカートのメイド服といい、フリフリのヘッドドレスといい、マニアが見たらさぞかし喜ぶであろう姿である。

「こちら、お着替えでございます。お手伝いいたしますわ」

「いっ、いえ！　大丈夫です！　自分でできますから」

「え？　ですが……」

ミリアナが困惑気味に眉を顰《ひそ》めたので、沙羅はしまったと思った。

ここでの自分は、王女という設定なのだ。王女といえば普通、大勢の侍女やら女官に傅《かしず》かれて生活するものである。スプーンより重いものを持ったことがないような生き物で、着替えを自分でするなどもってのほかだろう。

かと言って、いきなり裸を他人に堂々と見せられるほど、開き直れるはずもない。

タオルで身体を隠しながら、沙羅はそれらしい断りの言葉を口にした。

「ファランディアでは、王族も自分で着替えるのが普通なんです」

ファランディアとガルディアは国交もなく、互いの国についての知識がほとんどないと聞いている。だからこそ王女の身代わりを立てるなどという作戦がまかり通ったわけであるが、ならばきっと、このくらいの嘘なら通用するだろう。

その予想どおり、ミリアナは沙羅の言葉を聞いてあっさりと引き下がった。

「左様でございましたか……。大変失礼いたしました。それでは、お着替えはこちらに置いておきますわね」

備え付けの棚に下着や寝間着を置くと、ミリアナは扉を閉めて去っていった。

ひとりになれたことにほっとし、沙羅は下着を手に取る。

紐《ひも》で結ぶタイプの白いショーツと、揃いの、ワイヤーのない胸当てだ。ファランディアでも似たようなものを用意されたのを見るに、きっとこれがこの世界での、女性下着の主流なのだろう。

地球とあまり変わらない下着でよかった。

そう思いながら手早く下着を身に着け、次に寝間着を広げる。パールがボタン代わりになっている、姫袖のネグリジェだ。

普段であれば可愛らしいデザインに心躍らせたのだろうが、今はとてもそういう気分になれない。ため息をつきながら、沙羅は脱衣所を後にした。

脱衣所のすぐ外は寝室になっており、ミリアナが礼儀正しく佇んでいる。

風呂から上がった沙羅を見るなり、彼女は柔らかな微笑を浮かべた。

「サラさま。お休みになる前のお飲み物をご用意いたしますが、何がよろしいですか？　蜂蜜《はちみつ》酒や温めた牛乳、紅茶やハーブティーなどがございます」

「えっと……それじゃ、ハーブティーをお願いします」

「かしこまりました。すぐにお持ちいたします」

「あっ！　そ、それから――痛み止めの薬はありませんか？」

恐る恐る問いかけると、ミリアナは血相を変えて慌て始めた。

「まぁっ、どこかお痛みがあるのですか⁉　大変！　すぐに、人間に詳しい医師をお呼びします！」

その言葉に、沙羅は慌てた。

医師なんて呼ばれて何もないことがわかったら、魔王に食べられるのが嫌で仮病を使ったと思われるかもしれない。

「い、いえ！　ただ聞いただけですので！　大丈夫です！」

「ですが、サラさまのお身体に何かありましたら――」

「ほ、本当に大丈夫ですから……！」

そう言うと、ミリアナはまだ心配そうにしながらも、一応納得してくれた。

「それならよいのですが……。大事な御身に何かあっては大変ですので、何かございましたらすぐにおっしゃってくださいね」

そう言い残して、去っていく。

エーベルトが法陣に組み込んだという言語変換魔法というのは、便利なものだ。どういう仕組みなのかは今ひとつわからないが、沙羅の耳にはこの世界の言葉が、すべて日本語として聞こえている。

今のところ、意思の疎通に困ったことはない。

ただひとつ『妃』という言葉の解釈が違うらしい点を除いては。

「神力、か……」

ベッドにぽすんと腰掛けた沙羅は、自分の掌を見つめ、ぎゅっと握りしめる。

自分の身が、強い神力を宿しているなんていまだに信じられない。

エーベルト曰く、このローデリア大陸には、沙羅が元いた世界——つまり地球にはない元素が存在するそうだ。

それは魔素といい、神力を使用するのに欠かせないものなのだという。

体内に宿した神力と大気中の魔素とを結びつけると、魔法として発動する。それには専用の呪文《じゅもん》や術式が必要らしい。だから、沙羅のように何の知識もない者は、いくら神力が高くとも魔法を使うことはできないとエーベルトが言っていた。

例えばいくら秘めた才能を持っていても、水場のない場所で育ち、泳ぎ方も知らずに育った者は、決して泳ぐことはできないだろう。

つまりはそれと同じで、宝の持ち腐れということだ。

普段の沙羅であれば、多少なりと魔法に興味を示していただろう。ひとつやふたつ、覚えてみたいと思ったに違いない。

だが、これから魔王に食べられるというのに、そんなものを覚えたって何の役にも立つはずがない。

むしろ今は、その強い神力とやらのせいで美沙と死に別れることになり、恨めしく思う。

自分がこれから食べられるという恐怖ももちろんのこと、幼い妹をひとり残していく不安に、胸が押しつぶされそうだ。

「美沙……」

ぽつんと妹の名を呟くなり、目に涙が滲む。

せめて美沙が結婚するまでは、一緒にいてあげたかったのに……。

「美沙に会いたいよ……」

死ぬ前にもう一度、美沙の姿を目に焼き付けておきたい。

無意識に腰に手を遣《や》った沙羅だったが、当然、ネグリジェにポケットなんてあるはずがなく、そこでハタと気づいた。

スマホ、どこにやったんだっけ……？

馬車から降りるまでずっと、美沙の写真を眺めていたことは覚えている。馬車から降りる時も、きちんと懐にしまったはず。

だが、風呂に入るため白いドレスを脱いだ時には、もうなかった。

——もしかして、あの変な猿みたいなのに襲われてる時に落とした？

「嘘……」

思わず青ざめた、その時だった。

天井にくくりつけられた鈴がりんりんと鳴り響き、扉の向こうからヴァルドールの声が聞こえてきたのは。

「サラ、私だ」

もう来たの⁉

沙羅は心の中で、驚愕《きょうがく》の声を上げた。

ハーブティーを飲んで、落ち着いてから、改めて心の準備をしようと思っていたのに、登場があまりに早すぎる。

「入ってもよいか？」

「は、はい……」

生贄に入室の許可を求めるなんて、ずいぶんと律儀な魔王だ。

うわずった声で返事をすると、すっと扉が開き、ヴァルドールが姿を現す。

風呂上がりなのか黒いガウンを身に着けており、手には小さなカップを持っていた。

ベッドから立ち上がろうとすると、手で制される。

「温かいハーブティーだ。飲むがよい」

「え、あの、ミリアナは……？」

「私が持っていくと言って、預かってきたのだ。……ミリアナに持ってこさせたほうがよかったか？」

不安そうに、ヴァルドールが問いかける。

人間くさい表情にドキリとしつつ、沙羅は慌てて首を横に振った。

ここでは、沙羅の行動ひとつがファランディアに対する評価となる。

正直に言えば、ファランディアのことなんてどうでもいい。沙羅は聖女なんかではないのだ。自分たちが助かりたいがために、まだ十七歳の――それも異世界の人間である自分を生贄に差し出した人々の幸福を願うほど、清らかな心を持ち合わせてはいない。

美沙に被害が及ぶようなことだけは避けなければという、ただそれだけが沙羅を動かしていた。

「いえ……。魔王さまに持ってきていただくなんて、と思って」

王女らしく、と意識しながら、できるだけ丁寧な言葉で話す。王女らしいかどうかはわからないが、ファミリーレストランで接客のアルバイトをしていたおかげで、少しは様になっていると信じたい。

「サラは慎《つつ》ましいのだな」

優しい笑みを浮かべ、ヴァルドールがベッドサイドの小さな台にカップを置く。そうして隣に腰掛けると、手を伸ばして沙羅の髪を梳き始めた。

「だが、そなたは我が妃なのだ。私に対して遠慮などいらぬし、そう畏《かしこ》まるな。もっと楽な口調でよい」

威圧的な外見に似合わず柔らかな手つきとその笑みに、沙羅はどうしていいかわからず、じっとヴァルドールを見つめる。

出会ったのは暗い森の中だったし、城に着いてからも慌ただしくしていたからよくわからなかったが、こうして間近で見ると、何て綺麗な男性なのだろう。

いわゆる、中性的な美しさではない。

雄々しく、精悍《せいかん》で、偉丈夫といった言葉がよく似合う容姿をしている。体格も筋骨隆々としていて逞しいし、もし彼が洋画に出るとするなら、ギリシャ神話の男神の役か、魔王の役が似合うだろう。

……って、実際に魔王なんだった。

自分に突っ込みつつ、沙羅はちらりとヴァルドールの様子を窺う。

銀色の長い髪は絹のように輝いており、長い睫毛に縁取られた赤い瞳はルビーのよう。

肌はシミひとつない白色で、どんな化粧水を使っているのかつい聞きたくなるほどに滑らかだ。

頬を彩る赤い紋様と、頭から生える捻れた角。そのふたつが、彼が人外の者という確かな証である。

「サラ？　私の顔に、何かついているか？」

いいえ、と答えようとして沙羅は口をつぐんだ。もっと楽な口調で、と言われたばかりなのだった。

「いえ。ただ……綺麗だと思って」

言った瞬間、何を口走っているのだろうと後悔してしまった。

男性に、それも魔王に対して「綺麗」なんて言ったところで、きっと喜びはしないだろう。

それも、単なる生贄に過ぎない小娘が。

それでも思わずそんな言葉が出てしまうほどに、ヴァルドールは美しかったのだ。

沙羅の言葉に、ヴァルドールはなぜか瞳をぱっと輝かせた。

「つまり、そなたの目から見て、私の容貌《ようぼう》は好ましいと」

「え？」

「そうなのだな、サラ」

一種独特の迫力に気圧《けお》され、沙羅はこくんと頷いた。

実際、ヴァルドールの顔を見て好ましくないと思う人間は、百人に——いや、千人にひとり、一万人にひとりもいないだろう。

首肯した沙羅を見て、ヴァルドールはますます上機嫌になった。

「そうか、そうか」

と頷く姿は、満足そうだ。

意外にも人間くさい反応である。もしかしたら、彼は容姿を褒められるのが好きなのかもしれない。そう思い、沙羅は恐る恐る、付け加えた。

「すごく、素敵……です」

本当なら、魔王と口を利いていると思うだけで恐ろしい。

だが、ここで彼に気分よくなってもらい、ファランディアに恩恵がもたらされれば、エーベルトや国王は美沙を大事にしてくれるだろう。

そう思えば、少し怖いくらいなんてことはない。

すべては美沙のためなのだ。

ちらりとヴァルドールの反応を窺うと、彼は口元を押さえたままぷるぷると痙攣《けいれん》していた。

「……ヴァルドール？　大丈夫ですか？」

具合が悪いのかと心配になり、そっと肩に手で触れると、彼は大げさなほどびくりと震える。

だがそれも一瞬のことだった。すぐに冷静な表情になったかと思えば、彼は沙羅の手を取り、指先に口づける。

「――そなたは可愛いな」

「え？」

戸惑いがちに問いかけた瞬間、それまで伏せられていた彼の赤い瞳が妖しげに揺らめき、沙羅の視線を搦《から》め捕る。

本能的に身を引きかけたが、ヴァルドールはそれを許さなかった。

沙羅の手首を摑む力を強め、その場に押しとどめる。そして、低く濡れた声で囁いた。

「就寝前の挨拶をするだけのつもりだったのだが、気が変わった」

沙羅を射竦《いすく》めるのは絶対的な強さを誇る、捕食者の瞳だ。

その視線に射竦められ、沙羅は蛇に睨まれたかえるのように、身動きが取れない。

ああ、とうとう食べられてしまうのだ。

覚悟を決め、目を瞑《つぶ》る。それでもやはり怖くて、ぶるぶる震えてしまう。

ぎゅっと拳を握りしめ、沙羅は心の中で呟き続けた。

――怖くない、怖くない。これは美沙のため。美沙のためなんだから。

「サラ、震えている。……怖いのか？」

その質問に、沙羅は答えなかった。怖い、と言えば、それだけで恐怖が爆発してしまうような気がしたから。

だから代わりに、別の言葉を口にする。

「で、できるだけ、痛くしないで食べて……ください」

ヴァルドールが小さく息を呑む気配がした。

恐る恐る目を開けようとしたその時、やや乱暴に肩を押され、ベッドの上に背中から倒れ込んでしまう。

ぎし、とベッドのスプリングが大きく軋み、沙羅の背がいったん浮いて沈む。

驚いて目を瞠った瞬間、上から性急に、ヴァルドールがのし掛かってきた。

巨軀に遮られ、視界が完全に影に覆われる。

間近に迫る赤い瞳。唇の端から覗く、鋭い犬歯。

彼が魔族であるというそれらの特徴を間近で目《ま》の当たりにし、恐ろしさに悲鳴を上げる間もなく、沙羅は何か柔らかいもので唇を塞がれていた。

「ん……っ」

それが彼の唇だと気づいたのは、銀の長い髪が頰や額をくすぐってきたからだ。

とうとう食事が始まったのだ、という恐怖から反射的に目を瞑ったが、それは彼の唇の感触を更に生々しく感じる結果にしかならなかった。

生温かい舌が、唇を割って入り込んでくる。魔族の舌は人間のそれより長いのか、ずいぶんと奥まで届くようだった。

「ん、んん……っ」

くちゅり、と音を立てながら舌を吸われ、唾液をかき混ぜられる。頬を両手で包み込まれているため、顔を逸らして息を吸うこともままならない。

唇がわずかに離れた隙《すき》を狙って、沙羅はなんとか酸素を肺に取り込んだ。

「あ……っ、ん、んん、ふぅ……」

ヴァルドールは短い息継ぎを何度か繰り返し、沙羅の唇を幾度も塞ぐ。

荒くて激しい、やや強引なそのやり方に、きっと彼は空腹なのだろうと思った。

行為だけを見れば、キスと称するのがふさわしいこの状況だが、その実情は味見だ。

沙羅はこれがファーストキスであるという事実すらほとんど実感しないまま、ただヴァルドールの行為を受け止めていた。

羞恥《しゅうち》なんて覚える余裕があるはずもない。ただ、いつ舌を噛み切られるのだろうという恐怖と不安に、胸を喘がせるだけだ。

「わざと私を煽っているのか？　それとも、無意識か？」

ヴァルドールがからかうようにそう言うが、沙羅には意味がわからない。

煽っているって、何？　無意識って……。

「答えないのならそれでもいい。積極的な女子も悪くはない」

「や……っ」

いきなりネグリジェのパールに彼の手が伸び、沙羅は反射的に逃げてしまいそうになる。

だが、ヴァルドールは器用に沙羅の身体をその場に押しとどめると、片手でパールをひとつずつ外していった。

あっという間に肌をむき出しにされ、沙羅は頬にかぁっと血の気が上るのを感じる。

これから食べるのに、食料が服を着ているのが邪魔だということはわかっている。だが、異性に肌をさらけ出して平気でいられるはずがない。

一瞬だけ、羞恥が恐怖を勝った。

いくら魔族とはいえ、ヴァルドールは男性なのだ。そしてその男性の前に、貧相な身体をさらけ出している。恥ずかしくて恥ずかしくて堪らなかった。

でも、駄目よ……。わたしはただの食材なんだから。

そう、つまり食卓に上がったマグロの刺身と同じようなものだ。マグロが恥じらうはずはない。マグロは死んでいるのだから比べるのもおかしな話だが、もうこの際細かいことはどうでもいい。

現実逃避のようにそんなくだらないことを考えていたが、直後、再び恐怖がこみ上げてくる。

ヴァルドールが胸当て越しに沙羅の胸を撫でながら、こんなことを言い放ったからだ。

「美味《うま》そうだな」

「っ……！」

「柔らかくて、すべすべしていて……甘そうだ」

震えそうになるのを、奥歯を噛んでなんとか堪えながら、沙羅は舌なめずりをする魔王を見つめた。

人間の血というのは、魔族にとっては甘いものなのだろうか。

そんなことを考えている間にも、ヴァルドールの指はネグリジェの前を完全に開き、沙羅の腕から袖を抜き取ってしまう。

あっという間に下着姿に剝《む》かれてしまい、沙羅は小さく縮こまった。

「寒いか？」

「い、いえ……」

寒いのではなく、怖いのだ。

そうは思ったものの、あまりの怖さにそれ以上何も言えずにいると、ヴァルドールがため息混じりの笑いを漏らした。

「煽ってみたり、初心な様子を見せたり……。どちらが本当のそなたなのだ？」

沙羅はこんなにも怖いというのに、彼は楽しそうだ。

伯母の飼っていた猫がねずみを追い詰める時、いつも嬉しそうに鳴いていたが、今の彼もそういう心境なのかもしれない。

今の自分は、壁際のねずみ同然なのだ。

情けなさと恐ろしさに、目にはじんわりと涙が浮かぶ。それでもヴァルドールに泣き顔を見せるのは何となく悔しくて、沙羅は手の甲でぐいっと目元を拭《ぬぐ》った。

みっともなく泣きわめくような真似《まね》はしたくない。

「泣いているのか、サラ」

「な、泣いてません」

ありったけのプライドと勇気を振り絞ってそう答えたが、ヴァルドールには、そんな沙羅の虚勢などお見通しだったようだ。

「大丈夫だ。優しくする。無闇《むやみ》に痛がらせるような真似はしない」

「本当に……？」

「本当に」

青ざめる沙羅の頬をゆっくりと撫で、ヴァルドールが目を細めて笑う。

そんな場合ではないというのに、つい見とれてしまいそうになるのは、彼があまりに美しいからだろう。

悪い人――人ではなく魔族だが――では、ないのかもしれない。

彼の態度を見ていると、とてもエーベルトたちが言っていたような極悪非道な悪魔には見えない。

それともこの優しい笑顔は、人間を油断させるための罠《わな》なのだろうか。

ヴァルドールの掌が胸元をまさぐり始めるまで、沙羅は己の置かれた立場を忘れてただただ、彼の微笑に見入っていた。

「ああ、本当に柔らかいな。想像以上だ」

「あ……！」

いつの間にか胸当ての隙間から入り込んだヴァルドールの細く長い指が、沙羅の胸を這《は》い始めていた。

胸の感触を確かめるように掌で握り込んだ彼は、邪魔だとばかりに胸当てをずり上げた。

あらわになった胸の、淡く色づいた部分をそっと指で撫で、ヴァルドールがため息を漏らす。

「綺麗だ……」

そうして彼は、まるで芸術品でもあるかのように、沙羅の両胸を丁寧に揉《も》みしだき始めた。

鶏の胸肉も調理の際に揉んだりするが、人間もこうすれば、食べる時に柔らかくなるのだろうか。

「サラ、……サラ。好きだ。私のものになってくれ」

切羽詰まった声と表情を向けながら、ヴァルドールは沙羅の胸当てを両手で掴んでぶちりと引き裂いた。

「きゃあっ！」

厚手の生地だったはずのそれは、まるで絹のように簡単に破れ、瞬く間に下着としての機能を失ってしまう。

「ひぁ……っ」

柔い肌に指が食い込み、時折先端をかすめる。そうされるたび、沙羅は何だか妙な心地になってしまい、もぞもぞと両足を擦り合わせた。

こんなもどかしい感覚、――知らない。

「おねが……、そんな丁寧に、しないで……」

「ん……？　乱暴にされるのが好みなのか？」

ヴァルドールが怪訝《けげん》そうに眉を寄せる。

乱暴にされるのがいいわけでは、もちろんない。

だが、じわじわ嬲《なぶ》り殺されるより、ひと思いにとどめを刺してから食べてもらったほうが、恐怖も少なくて済むのではないだろうか。

いつ食べられるかもわからない恐怖の時間が長く続くくらいなら、下ごしらえの時間は短く済ませてほしい。

沙羅は生まれて初めて、俎上《そじょう》の鯉《こい》という言葉の意味を真に理解した思いだった。

「早く……ひと思いに、食べて……」

恐怖や悲しみといった感情が昂《たか》ぶり、瞳からころんと涙が零れていく。

そんな沙羅を見て、ヴァルドールはしばらく絶句し、やがて目元を薄らと赤く染めた。

「そなたは本当に……。どうしてそんなに愛らしいのだ……」

「……え？　あい、らしい……？」

絞り出すような声音が紡いだのは、思いもよらない言葉だった。一瞬、何か聞き間違いをしたのかと思い、沙羅はしぱしぱと瞬《まばた》きを繰り返す。

だがヴァルドールは赤い顔をしたまま、沙羅の頬を優しく撫でて同じ言葉を繰り返した。

「ああ。そなたは実に愛らしい。私をここまで虜《とりこ》にしたのは、そなたが初めてだぞ」

「え……と。虜……？　意味がよく……」

「うん？　もしや言葉が古すぎて通じないのか。そうだな……人間の若者言葉で言うと、ぞっこん夢中だったか」

「ぞ、ぞっこん……」

「ああ。私はそなたに首ったけだ」

言葉のチョイスが、かなり古いことは置いておこう。今、最も気にすべき問題はそこではない。

沙羅は押し黙ったまま、頭の中を整理した。

整理した上で、ますます混乱してしまう。

愛らしいとか、ぞっこん夢中とか、首ったけなんて言葉は普通、あまり食材に対しては使わないのではないだろうか。

……何だか、妙に話がかみ合ってない気がする……？

「あ、あの、ヴァルドール」

「サラ？　どうかしたのか？」

焦りながら上半身を起こすと、ヴァルドールが軽く首を傾《かし》げる。

そんな彼に、沙羅は恐る恐る問いかけた。

「ちょっと聞きたいんですけど……。わたしって、食料……ですよね？」

「ショクリョウ？」

邪気のない表情と、妙な発音だった。

まるで、その単語を初めて聞いたとでも言いたげな反応に焦《じ》れた沙羅は、別の言葉を使って説明する。

「つまり食べ物とか、ご飯とか、食材とか。とにかく、食べるもののことです」

「そなたが、食べ物？」

思いもよらない言葉だったとでも言いたげに、ヴァルドールが切れ長の目を瞬かせた。

だが、驚きたいのは沙羅のほうである。

「ヴァルドールは、わたしを食べるためにお城に連れてきたんですよ……ね？」

「……そなたは、何を言っているのだ」

呆れと困惑が入り混じったような声に、ますます焦ってしまう。

これではまるで、自分のほうがおかしなことを言っているようではないか。

「えっと……。王……父からの書簡は、ご覧になられましたか？」

「書簡？　ああ、わけのわからないことを並べ立てたあの紙切れのことか。巫女が行方不明とか何とか」

「そう、その手紙です！　魔族は、神力の強い人間を食べるんですよね。だから、巫女を攫《さら》って――」

「食べるはずがなかろう」

きっぱりと言い切られ、沙羅は絶句した。

それじゃ、エーベルトさんや王さまが言っていたことは何だったの？

混乱で押し黙る沙羅以上に、ヴァルドールは当惑していたようだ。

「そなた、自分と同じ言語を操り、自分と変わらぬ姿をしている生物を食べようと思うか？」

「い、いえ……でも……。だったら、いなくなった巫女たちは……？」

「さあな。大方、男でも作って出奔したのではないか？」

「そんな……」

彼の様子は、とても嘘を言っているようには思えない。それに、生贄である沙羅にそのような嘘をつく必要性も感じられなかった。

だが、それなら、自分は何のために生贄としてやってきたのか。

黙り込む沙羅を、ヴァルドールは困ったような顔で見つめていた。

「そんなことより、私は、そなたを妃にするとはっきり言ったはずだが」

確かにそう言った。

だが――、だが、本当に『妃』というのがその言葉どおりの意味だなんて、誰が思うだろうか。

「妃って、魔族語で食料とか食べ物って意味じゃ――」

「何だその魔族語というのは。妃は妃だ。念のため言っておくが、王族の妻という意味の」

ヴァルドールの口調は真剣そのもので、とても沙羅をからかっている様子も、冗談を口にしている様子もなかった。

「ほ、本気ですか?」

「私が虚妄を口にするとでも？　嘘偽りではないと、歴代の王たちの名に誓ってもよいぞ」

きっぱりと言われ、とうとう沙羅は黙り込むしかなかった。

それじゃあ、これまでのは全部、そういう意味……?

ちら、とヴァルドールの様子を見やると、「さあ、続きをするぞ」と言わんばかりに、下半身がお元気な状態になっていた。

えっと……。つまり、これって……そういうこと？

どうやら自分が大変な勘違いをしていたらしいことに、ここでようやく気づいた。

それと同時に、この状況の真に意味するところを理解し、途端に頬に血が上る。

こんなの、聞いてない！

「ちょ、ちょ、ちょ、ちょっと待ってくださいっ！」

羞恥が許容値を振り切り、沙羅はあわあわと、ベッドの上の布をかき集めて猛スピードで身体を隠す。

食料として食べられると思っていたからこそ下着姿に剝かれても我慢していたのに、真実を知ってなお平然としていられるほど、沙羅の貞操観念は薄くない。

何せ今まで、誰とも付き合ったことがないのだ。男性とのキスはおろか、手を繫《つな》ぐことさえ恥ずかしいというのに。

突然慌て出した沙羅を、ヴァルドールが怪訝そうに見やった。

「サラ？」

「わ、わた、わたしそういうつもりじゃっ……！　だ、だって、い、いきなり王妃だなんて、そ、そんなどうして……っ」

「一目惚《ぼ》れだ。そなたを見た瞬間、私は雷に打たれたような衝撃を受けた。あれこそが神の啓示に違いない」

なるほど、一目惚れならしょうがない。――なんて思えるはずがなかった。

大体、魔族の口から「神の啓示」だなんてシュールすぎるにもほどがある。

「と、と、とにかく、この話はなかったことにしてください……っ‼」

もう、王女らしさを心がける余裕などあるはずもなく、沙羅は必死にヴァルドールの目から裸を隠そうとする。

しかしヴァルドールはそれを許さなかった。沙羅の肩を掴むと、強く押してベッドの上に押し倒したのだ。

「好きにしていいと言ったではないか」

すねたような声に、沙羅は引きつった表情でヴァルドールを見上げた。

赤い瞳が劣情を宿して自分を見下ろしていることに気づき、懸命に彼を押しのけようとする。

しかし、衣服越しにも素晴らしい肉体美を誇るヴァルドールの身体は、沙羅ごときの力ではびくともしなかった。

「――なるべく痛くしないで、早く食べてほしいと言った」

「そ、それは食料だと思っていたからで……！」

「極上の餌《えさ》を前にして、待てと言われる獣の気持ちがそなたにはわかるか」

「そ、そんなつもりは……。あの、ヴァルドール、離して……」

「嫌だ。私はこんなにも、そなたに恋い焦がれているというのに――」

怒り混じりのかすれた声でそう口走ったかと思えば、ヴァルドールは沙羅の身体を隠す薄い布を乱暴な手つきで取り払う。

「だめ……っ！」

布を取り戻そうと慌てて手を伸ばしたが、すぐに彼に搦め捕られ、枕の上に押さえつけられた。

現れた胸に縋《すが》り付くように、ヴァルドールは荒々しくむしゃぶりつく。

「あ……っ、あ……っ」

むき出しになった胸に唇を寄せられ、沙羅はなすすべもなくびくんと背をのけぞらせた。

先端を舐《な》められ、齧られ、啜《すす》られる。

「いやっ」

思わず身を捩《よじ》ろうとしたが、両腕を拘束されている状態で上手《うま》くいくはずもない。

「私のことが嫌いなのか」

「す、好きとか嫌いとかじゃなくて……！　こ、こういうことはもっとよくお互いのことを知ってからでも――、あっ」

「ならばこれから大いに知り合おうではないか。肌と肌のぶつかり合いでな」

そういう意味じゃない！

思わず叫びそうになった沙羅だったが、じゅっと先端を強く吸われ、それどころではなくな

ってしまう。

「んあぁ……ッ」

手足も、頭の芯《しん》も、じんと痺《しび》れる。

異性に胸を弄られているという状況は、経験のない沙羅には刺激が強すぎた。

「は……、ヴァルドール……、だめ、だめ……っ」

彼の肩を押し返そうとするも、胸を弄《いじ》られるたびに身体から徐々に力が奪われていくせいで、叶《かな》わない。

そうしている間にも、ヴァルドールは沙羅の胸の先端を口の中で飴玉《あめだま》のように転がす。時折、固い歯がぶつかり、微《かす》かな痛みと共に鋭い愉悦を伝えてくるのが堪らない。

「あ、あー……ッ」

「見てみろ、こんなに固く尖《とが》って私を誘っている」

視線を下ろすと、あえて見せつけるように、ヴァルドールが舌先でちろちろと小さな尖りを舐《ねぶ》る。彼の唇の隙間から覗く木の実のように赤いそれが、唾液を纏っててらてらと輝く様は、ひどく淫靡《いんび》に感じられた。

やがてヴァルドールの頭は、胸からみぞおちを通り徐々に降りていく。

それも、ただ移動するだけではない。彼は沙羅の柔らかい肌を強く吸い上げると、わざわざその場所に赤いキスマークを散らしていくのだ。

甘い痛みと共に施されるキスに、沙羅のつま先がシーツに不規則な波を描く。

「や、だ……」

下腹がずくんと疼き、背筋をざわざわと、寒気にも似た感覚が這い上がっていく。それなのに身の内はとろとろとした炎で炙《あぶ》られているかのように、熱い。

「いや……」

こんな感覚、知らない。

こんな、自分がまるごと書き換えられてしまうような感覚なんて。

怖い。怖い。――やめて。

あまりに性急な行為に恐怖を覚えるあまり、気づけば沙羅は、大声でそう叫んでいた。

「いやぁぁ……っ！」

ハッとしたように、ヴァルドールが顔を上げる。

はぁはぁと荒い息を吐きながら、沙羅は気づけばぽろぽろと涙を零していた。

彼の唇が離れたことに安堵はしたものの、それでもまだ恐怖は拭えなかったし、何より自分が情けなかった。殺される覚悟で来たはずなのに、この程度のことで怖《お》じ気づいてしまうなんて。

魔王に捧げるものが、命から処女に変わっただけ。それなのに、先ほどまで抱いていたのとはまた違う恐怖を覚えてしまうのは、きっと沙羅が「初めて」だからだ。

今更、初めては好きな人とでなければ……などと往生際の悪いことを言うつもりはない。だが、異性とろくに手を繋いだこともない沙羅にとって、男女の秘め事というのは未知の世界の出来事であり、自然と沸き起こる震えは止まらなかった。

涙を流す沙羅を見て、しばらく目を見開いていたヴァルドールだったが、やがて唇を引き結ぶと、平坦な声で問いかける。

「……そんなに嫌か？」

嫌か、嫌ではないかというより、単純に怖いのだ。

でも、それをどう伝えればいいのかもわからず、ただ首を横に振ることしかできない。

するとヴァルドールは沙羅から視線を逸らしながら、ベッドの端に腰掛けた。

「では、私が怖いか」

沙羅に顔を向けないまま、彼は独り言のようにそう口にした。

もしかして、怒らせてしまったのだろうか。生贄のくせに、何を抵抗しているのかと。

怖い、とは思ったけれど、それは純粋にこの行為に対する感情であって、ヴァルドールに対してそう感じたわけではない。

だけど……どうしよう。どう言えば、赦してもらえるの？

いくら考えあぐねても、いい答えなど見つからない。

そんな沙羅の沈黙を、彼は肯定と受け取ったようだ。

「……そうか」

ぽつりと落とされたその呟きが、どこか寂しげに聞こえたのは気のせいだろうか。

「ヴァルドール……？」

「怖がらせてすまなかった、サラ。もう何もせぬから、安心するがよい。私は自分の部屋へ戻る」

ぽんぽんと、沙羅の頭を撫でてヴァルドールがベッドから立ち上がった。

え……と、沙羅の口から小さく驚きの声が漏れる。まさか部屋へ戻る、という発言が出るなんて思いもしなかった。

もしや怒りを通り越して、呆れられてしまったのだろうか。

——嘘。駄目。このままじゃ、ファランディアに送り返されちゃう。美沙もわたしも、口封じのために処刑されるかもしれない——！

「ま、待って……。行かないで……っ！」

叫びながら、今にも去りゆこうとするヴァルドールの服の裾を咄嗟に摑んだ。服が突っ張る感触に彼は足を止め、驚いたような顔をして振り向いた。

「サラ？」

赤い瞳が、沙羅を見下ろしている。

何か……何か言わないと。

気持ちばかりが焦る中、上手い言葉も見つからないままに、沙羅はとにかく口を開いた。

「ち、ちが、違うんです……」

「違う？　何が違うのだ？」

「その……ヴァルドールが怖いわけじゃなくて……。わたし、こ、こういうことが初めてで……それで……」

「初めて」

「は、はい……。初めてです」

今日会ったばかりの男の人相手に、一体何という告白をしているのだろう。

あまりの恥ずかしさに顔がかぁっと熱くなるが、せめて、彼を怖がっているわけでないことだけは伝えておかないと。

ヴァルドールの反応が怖くて俯いていると、ややあって、静かな声が落とされた。

「つまり、誰ともこういった行為をしたことがないと？　まさかとは思うが、口づけも初めてだったのか？」

沙羅はこくんと頷き、ヴァルドールの問いかけを肯定した。

その瞬間――。

「そうか！」

弾むような声が上がり、きらきらフワフワと何か光るものが落ちてくる。

驚いて顔を上げれば、満面の笑みを浮かべたヴァルドールの背後で、金色の花びらのようなものが大量に舞い踊っていた。

魔法でできたものなのか、花びらは床に触れるなり、溶けるように消えてなくなる。

しかし、それに驚いている暇は沙羅にはなかった。

「そうかそうか、初めてだったか。それならそうと、早く言ってくれればよかったものを……。人間の女子というものは、身持ちが堅いのだな」

花びらを収めて上機嫌に独り言を口にする彼の、先ほどまでの態度との違いについていけず、目を点にするしかない。

そんな戸惑いを置き去りにし、ヴァルドールはベッドに腰掛けると、沙羅の乱れた寝間着をいそいそと整えてくれる。

そして、礼儀正しく拳ふたつ分の間隔を開け、沙羅の隣に潜り込んだ。

「疲れたろう、サラ。今宵《こよい》はもう休もう」

あまりにもあっさりとした引き際である。

「え……えっ？」

何もしないの？　魔王なのに？

彼には、沙羅を自由にする権利も力もあるはずなのに、どうして――。

怖いのは確かだったが、いざ何もされないとなるとさすがに拍子抜けしてしまう。

「あ、あのっ」

「どうした？」

きょとんとした顔で問われ、沙羅は困惑してしまう。

どうした、だなんて、こちらが聞きたいくらいだ。だが、「続けないんですか？」などとはしたないことを聞くわけにもいかない。

「……いいんですか？」

結局、迷った末にそう問いかけると、ヴァルドールは目を細めて沙羅の頬を撫でる。

「そなたを大切にしたいのだ。私に触れられるのは、怖いのだろう」

「それは……」

「気を遣わずともよい。私は気が長いほうだから、そなたの心の準備が整うまで待てる。——さあ、今宵はもう何もせぬゆえ、安心して眠るがよい」

生贄なのに。魔王なのに。それなのに大切にしたいなんて、彼が何を考えているのかわからない。

一目惚れって、本当に……？

そんな風にぐるぐると考えていた沙羅だったが、前日からあまり眠れていなかったせいだろうか。いつの間にかうとうとし始め、瞬く間に夢の世界へ旅立ってしまったのだった。

◆

ああ、我が花嫁はなんと可愛いのだ。

眠るサラを前に、ヴァルドールはほう……とため息をつく。

気がつけば再び、黄金色の光がぽわぽわと花びらのように舞い散っていた。

これは、魔力が外へ零れ出したものだ。

無垢な寝顔がただただ愛おしく、感極まるあまり体内にとどまりきれなかったのである。

初めての行為に怯え、涙を滲ませるサラの姿は、愛くるしいの一言に尽きた。

無理に抱こうと思えばできたはずだ。

けれどそうしなかったのは、ヴァルドールが彼女を大事にしたいからだ。

決して、傷つけてまで手に入れたいわけではない。

伏せられた、黒く長い睫毛をじっと見ながら、そこに涙の雫が浮かんでいるのに気づき、ヴァルドールはそっと唇を寄せる。

そして、愛しい人の涙は甘いのだ――と知った。

彼女が自らのことを食料だと思っていたことには少し驚かされたが、無理もないのかもしれない。

人間たちは皆、魔族のことを食人鬼か何かとでも勘違いしているのだから。

そんな相手の許に生贄としてやってきて、サラはどれほど怖かっただろう。

だが、大丈夫だ。

ヴァルドールは決して、サラを害したりはしない。一生を捧げ、愛し、守り抜くことを誓おう。

ゆっくり、ゆっくりと、歩み寄っていければいい。

「おやすみ、サラ……」

丸く愛らしいサラの頬に口づけを落とし、ヴァルドールは安らかな気持ちで、静かに目を閉じた。

三話　溺愛されすぎ花嫁生活はじまります♥

……おかしい。

たくさんの朝食を前に、沙羅は眉間《みけん》に皺を寄せたまま、じっと食卓に着いていた。

テーブルの上に置かれたピカピカに磨かれたガラスの器には、彩り美しいサラダやフルーツが盛られ、テーブルの中央には美味しそうなローストビーフが切り分けられている。

だが、そんな豪勢な朝食にもまったく食欲をそそられない。

ぎゅっと無意識にドレスの裾を握りしめると、ボルドーのつややかな布地に皺が寄る。

今日の沙羅の装いは、いわゆる『ゴシック要素』が取り入れられているドレスだ。

ファッションにお金をかける余裕がなかったため、そちらの方面にはあまり詳しくないが、テレビや雑誌で何度か芸能人がそういう服装をしているのを見かけたことがある。

きゅっと締められたコルセットに、黒い艶消しの編み上げブーツ。膝丈《ひざたけ》のドレスには蜘蛛《くも》の巣模様が刺繍《ししゅう》されており、裾は蝙蝠《こうもり》の羽のようにジグザグにカットされている。その隙間から覗くフリルが、ダークな雰囲気の中にも可愛らしさを添えていた。

侍女たちの制服もほんのりとゴシック風味であるところを見ると、どうやら魔族の間ではこれが普通のファッションらしいと予測できる。

確かに魔族らしいといえば、らしいセンスだ。

それにしても、こんな好待遇を受けて本当にいいのだろうか。

綺麗な寝床が用意されるわ、清潔な着替えが用意されるわ、美味しそうな朝食まで用意されるわ――。

ヴァルドールの様子をちらりと窺うと、彼はフォークにニンジンのグラッセを突き刺し、美味しそうに口へ運んでいる最中だった。

「今日もニンジンが美味いな。農夫たちに何か激励の言葉をかけねば」

「陛下にお褒めいただければ、きっとこれまで以上に畑仕事に精を出し、もっと美味しいニンジンを作ることでしょう」

なんて和やかな食事風景なのだろう。

予定では沙羅が食べられるはずだったのに、代わりにニンジンがヴァルドールの胃を満たしている。これでは何をしに来たのかわからない。

いや、確かにある意味食べられ――というか味見をされたのだが、考えていた意味とはまったく違った。

つ、つまり性的にゴニョゴニョされてしまったわけで……。まさか魔王に、あんなことをされてしまうなんて。

思い出すだけで顔が真っ赤になる。

これまで恋人のひとりもいなかったのに、まさか初対面の、それも魔王とああいう行為に及ぶことになるとは、想像もしなかった。

実際、今でも信じられないくらいだ。

ヴァルドールの繊細な指先が、舌が、肌に触れて――。

わたしったら、何いやらしいこと考えてるの……！

熱くなる頬を押さえ、沙羅はぶんぶんと首を横に振る。するとヴァルドールがすぐに、気遣わしげな視線を送った。

「どうした、サラ。少しも進んでいないではないか」

「あ、えっと、その……」

「どこか痛むのか？　具合が悪いか？」

眉を顰め、ヴァルドールが心配そうな顔をする。

すっと席を立った彼は沙羅の傍へ近づき、額や腹に触れてくる。

「あ……っ」

ただ触れられただけ。だというのに、沙羅の身体は昨日彼にされたことを思い出し、勝手にびくりと震えてしまう。

「な、何でもありません」

「何でもないという顔には見えないが」

「ほ、本当に大丈夫ですから……。ちゃんと食べます、から……」

いまだ腹から離れていかないヴァルドールの掌の感触を殊更に強く感じながら、沙羅はなんとかフォークを手に取った。

そうしてサラダを食べようとしたが、間近にあるヴァルドールの顔が気になって食事どころではない。

絶世の美貌《びぼう》にこんな至近距離で見つめられる上に、耳に彼の吐息がかかるのだ。この状況で平静でいられる女性がいるのなら教えてほしいものである。

何とかミニトマトをフォークで刺した沙羅だったが、その瞬間「サラ、可愛い」と耳元で囁かれ、フォークごと取り落としてしまう。

ガチャン、と大きな音が上がり、フォークは床に転がった。

「す、すみません……！」

椅子の下に落ちたフォークを拾うため腰をかがめようとしたら、すかさず飛んできた給仕係の侍女に、代わりのフォークを渡された。

「新しいフォークでございます」

「あっ！　ありがとうございます。すぐに拾います」

「いえ、そのようなことはわたくしが」

そう言って侍女がかがむのを見て、沙羅は申し訳なくなってしまう。

「あの、自分でやりますから」

「王妃さまにそのようなことをさせるわけには参りませんわ。わたくしたちのことはお気になさらず、お食事を続けてくださいませ」

柔らかくも、有無を言わせぬ口調である。

王妃。本日何度目かのその呼称に、沙羅は口ごもった。

始まりは今朝である。

朝の準備を終えたかと思えば、突然部屋に大勢の女官やヴァルドールの臣下らしき男性たちが押しかけてきた。

そして、口々に祝いの言葉を述べ始めたのだ。確か、「魔王陛下、王妃殿下へ、華燭《かしょく》の言祝《ことほ》ぎを申し上げます」とか何とか。

どうやら昨日の内に、ヴァルドールが妃を迎えたという噂が城を一周してしまっていたらしい。夜更けだったにもかかわらず、何とも素早いことだ。

漫画や小説では、よく「人間風情が魔王さまの妃などと片腹痛いわ！」と言う意地悪な高官やお嬢さまが出てくるものだが、今のところそういった相手には出会っていない。

それどころか皆、ハンカチを片手に涙ぐみながら「あの陛下が、ようやくお妃さまを……」

としみじみする始末である。

中でも宰相だという老爺は、沙羅の手をぎゅっと握りしめながらすがるようなまなざしを注いできた。

「どうか、どうか王妃さま、陛下のことをよろしくお願いいたしますぞ……！」

そう言う彼の表情は、どこか真に迫っていた。

何だろう、このウェルカムムードは。

もしかしなくともわたし、歓迎されてる……？

そう思うのも無理もないほどに、沙羅を見る臣下たちの目は優しかった。

皆、見た目は怖いのに意外といい人たちばかりである。

ヴァルドールは、そして彼の臣下たちは、本気で沙羅のことを妃として迎えるつもりなのだろうか。それとも、他に大勢の妃がいるから、ひとりくらい人間がいても面白いという考えなのだろうか。

――生贄として捧げられた娘を？

しかし地球の歴史を紐解いてみても、当時奴隷として捧げられた身分の女性が妃になるという事例は多々あった気がする。

寵妃《ちょうき》ロクセラーナしかり、奇皇后しかり。

彼女らと自分を比べることはおこがましいけれども、そう思えばまったく考えられない話ではないだろう。

気づかれないようにちらりとヴァルドールの様子を窺えば、彼はいつの間にか自分の席に戻り、ご満悦の表情でニンジンを食べ続けている。

餌として食べられる覚悟でやってきただけに、死なずに済んだことはもちろん嬉しい。

初対面の、それも魔王の妃になるということに関しては複雑な気分だが、それはもう悩んでも仕方がないことと割り切ろう。

だがひとつだけ、重要な問題があった。

沙羅は本物のサラベル王女ではない。異世界の事情に巻き込まれただけの、単なる一般庶民だ。

一国の王たるヴァルドールとは、身分があまりにも釣り合わない。

そんなことを考えながら彼のことをじっと見つめていると、視線に気づいたらしい。ふと、赤い瞳が沙羅のほうを向いた。

「サラ、どうした。私の顔に何かついているか？」

「そうじゃなくて……。本当に、わたしなんかを妃にしていいのかと思って……」

「何を言う、当然だ。それとも、私がそなたを妃にすることに何か問題でもあるのか？」

「それは……」

沙羅は口ごもった。

今ここで、自分が本物の王女でないことを打ち明ければ、ヴァルドールはきっと怒るだろう。騙していたのかと詰《なじ》られるだけならまだいい。だが、嘘をついたことによってファランディアが攻め込まれるようなことでもあれば、これまでの覚悟や苦労は水の泡だ。

「そうか、サラ。そう言えばひとつ、問題があったな」

「えっ？」

一瞬、王女でないことを見抜かれたのかと思い、ぎくりとしてしまう。

するとヴァルドールは得意満面で、こう言い放った。

「私たちはまだ正式に婚儀を挙げていない。何せ突然のことだったからな」

「は、はあ……」

「気が急《せ》いてしまったが、やはりふたりが正式に夫婦になるためには、婚儀が必要だ。こうしてはおれぬ。すぐに婚礼の準備に取りかかろう」

「あ、あの」

「侍女たちよ、すぐに国一番の仕立屋を城に呼ぶのだ！　我が愛しい妃のために、最高の婚礼衣装を仕立てさせなければ！　ああ、披露目の宴も開かねばならぬな。貴族たちにも、可愛いサラを紹介しよう」

「あ、あ、あの！　ちょっと待ってください！」

すっかり乗り気になるヴァルドールに、沙羅は思わず大声を出していた。

本当に、待ってほしい。

お披露目の宴なんてそんな大仰なことになってしまえば、きっとボロが出てしまう。

今は、ごく少ない人数と接しているから何とか取り繕えているが、宴となるとそうもいかない。

どうせすぐに殺されるから、という理由で、王たちは沙羅に王女としての立ち居振る舞いをほとんど教えてくれなかった。

大勢の貴族たちの目に触れれば、きっと簡単に偽物だということがわかってしまうだろう。

「わ、わたしは別に、宴や結婚式なんてしなくても……」

おずおずと断りの言葉を口にすると、すかさず侍女たちの間から反論の声が上がった。

「まあ、王妃さまいけませんわ！」

「そうですわ、せっかく女性に生まれたんですもの。一生に一度の結婚式、皆が目を瞠るほど美しく着飾らなくては」

「腕が鳴りますわ！　婚礼衣装に身を包んだ王妃さまは、きっと一段とお美しく見えることでしょう」

次々に同意の声が上がり、沙羅はすっかり困り果ててしまった。

ちらりとヴァルドールを見ると、彼もまたうんうんと頷いている。どうやら侍女たちの意見に賛成のようだ。

「よかったな、サラ。そなたは何も心配せず、心安らかに過ごすがよいぞ」

皆が、期待を込めたまなざしで沙羅を見つめている。こんな空気では、断ろうにも断れない。

「た、楽しみです……」

沙羅は顔を引きつらせながら、無理矢理に笑みを浮かべたのだった。

◆

「おかしい……。おかしすぎる。なんでこんなことになっちゃったの……」

ろくに食事も口にできず部屋に戻った沙羅は、うろうろと室内を行ったり来たりしながら、ぶつぶつと呟いた。

殺されるどころか妃にされ、その上お披露目の宴と結婚式まで行うだなんて、何かの冗談なのだろうか。

動揺と混乱で、どうにも落ち着けない。

「魔族が、人間を食べないなんて……。わたしが魔王の花嫁なんて……。魔王の好物が、ニンジンのグラッセなんて……」

人の好みに口を出すのはどうかと思うが、厳《いか》つい魔王とニンジングラッセの組み合わせは、似合わないにもほどがある。

「もう……意味がわからないよ」

せっかくポニーテールに結った髪をぐしゃぐしゃとかき乱しながら、沙羅はソファにどさりと腰掛けた。

異世界で魔王の妃になるなんて、一体どんな小説の主人公だと言いたい。

だがこれは現実に沙羅の身に起こっていることで、夢でも何でもないのだ。

そんなことをぐるぐると考えていると、部屋の外から扉を叩く音がした。

「サラさま、ミリアナでございます。入室してもよろしいでしょうか？」

一瞬ヴァルドールかと思い緊張しただけに、扉の向こうにいるのがミリアナだということに、ほっと胸をなで下ろす。

「どうぞ」

「それでは、失礼いたします」

そう言って部屋に入ってきたミリアナは、手にたくさんの布を抱えていた。その布をテーブルの上にどさりと置き、得意げな笑みを浮かべる。

「陛下のご命令で、サラさまのために最高級の布地をご用意いたしました。お好みのものをお選びくださいませ」

「これって、もしかして……」

「はい！　婚礼衣装のための布地選びですわ！　他には装身具や、花束なども決めなければなりません」

わくわくとした様子で答えるミリアナに、沙羅はもう引きつった笑いしか出ない。

今朝話したばかりなのに早速布地選びなんて、いくら何でも気合いが入りすぎではないだろうか。

「毛色の変わった妃を着飾らせて、自慢したいのかな……」

「まあ、何をおっしゃるのですか、サラさま！」

困ったように、ミリアナが沙羅を窘める。

「魔王陛下は、サラさまのことを心から愛していらっしゃるのですわ。毛色の変わった妃だなんて、そのようなことおっしゃらないでくださいませ！」

「ご、ごめんなさい」

ミリアナの勢いに気圧されて一応謝ってはみたものの、しかし沙羅の考えは変わらない。きっと人間の女が物珍しいから妃にしてみただけで、すぐに飽きることだろう。それ以前に、他の妃たちが沙羅のことをどう思うかも問題だ。

だが、色々悩んでじたばたしていても始まらない。この状況を今すぐに受け入れることは困難だが、せっかく繋ぎ止めた命だ。なんとか前向きに考えることにしよう。

幸いにして、ミリアナをはじめとする侍女たちは皆、沙羅に親切だし、ヴァルドールも好意を抱いてくれている内は優しいはずだ。

「サラさま？　どうかなさいましたか？」

「あ……いえ――。この生地と、こっちの生地、どっちがいいかと思って」

考え事をしていたのを誤魔化すように、沙羅は目の前の布を適当に手繰り寄せ、ミリアナの前に差し出す。

そして、心の中で密かに決心した。

とにかく今はただ、できるだけヴァルドールの不興を買わないように心がけよう。

気に入られるよう媚《こ》びることができるほど器用な性格ではないが、従順に振る舞うくらいならきっとできるはずだ。

◆

結婚式といえば、古より『女性の夢』と言われている。

美しいドレスに身を包み、煌《きら》びやかな宝石を纏い、人々に祝福されるその瞬間を、女性ならば誰でも一度は夢見るのだと。

ならばヴァルドールにできることはただひとつ。サラのために、夢の結晶のような最高の式を挙げることだ。

大勢の女官たちを前に、ヴァルドールは張り切って指示を飛ばす。

「よいか！　我が妃のために、世界一の結婚式を準備するのだ！　失敗や不備のないよう、各人、心して作業に当たるがよい！」

「かしこまりました、陛下」

「すぐにご準備いたします」

「うむ。期待しているぞ」

ヴァルドールは深く頷き、各々の仕事をこなすために去っていく女官たちを見送った。

料理人たちへの指示と食材の手配、会場の飾り付け、招待状の作成、司祭との打ち合わせなど、やらねばならないことは多岐に渡る。

しかし魔王城へ勤めるのは、いずれも優秀な女官たちだ。彼女らに任せておけば、きっと間違いないだろう。

もちろんヴァルドールもできることはするつもりだ。

サラの要望を取り入れ、彼女が喜んでくれるような結婚式を挙げたい。

しかしそれにはまず、彼女との親交を深めることが大事だ。

何せふたりは出会ってまだ二日目なのである。結婚式までにもっと互いのことを知り、愛情を深めていかなければならない。

幸いにしてサラはヴァルドールのことを「素敵です」と言ってくれたし、ある程度の好意は抱いてくれているに違いない。

しかし愛情を深めるといっても、具体的に何をすればよいのだろう。

女性と真剣に付き合ったことが一度もないヴァルドールには、今ひとつやり方がわからない。

「そうだ、ここは既婚者に聞くのがよいだろうな。経験者の談こそ今の私に必要なものだ」

そう独り言を口にしたヴァルドールは、早速既婚の臣下たちを部屋に集めた。

理由も告げられず突然呼ばれた臣下たちは、互いに顔を見合わせながら不安そうにしている。

自分たちが何か失敗をしただろうか、と言いたげな表情だ。

「陛下、わたくしどもに何か不手際でもございましたでしょうか」

「そう堅苦しくなるな。実は今回呼び出したのは、他でもないそなたらにしか話せない内密の相談があってだな……」

声を潜めるヴァルドールに、臣下たちも表情を引き締め、ごくりと生唾《なまつば》を飲み込む。

これはきっと、政について何か重大な決断があるに違いない、という風な表情だ。

「そのような大切な場にお呼びいただき、恐悦至極に存じます！」

「陛下の御為《おんため》ならば、この命を賭《と》して問題解決に当たる所存でございますぞ！」

「うむ、うむ。忠義に厚く、信頼に足る臣下たちに恵まれ、私は幸せ者だ」

満足げに頷いたヴァルドールは、周囲を窺うとより一層声を潜め、真剣な表情で言い放った。

「実は、相談というのは我が妃との接し方についてだ」

「…………は？」

炭酸の抜けたシャンパンのような、何とも気の抜けた声だった。

臣下たちは、何か聞き間違いでもしただろうかという表情で、ヴァルドールをまじまじと見つめている。

しかしヴァルドールはそんなことに構うこともなく、白い頬を若干赤く染めながら、こほんと咳払いを落とした。

「知ってのとおり、私は妃を迎えたばかり。大事な我が妃と、結婚式までに親睦《しんぼく》を深める必要がある。国王夫妻の仲がよいところを見れば、国民たちも安心するであろうからな」

「は、はあ……」

「というわけで今回そなたらを呼び出したのは他でもない、新婚夫妻の正しいあり方について、教えを請いたいのだ。さあ皆の者、苦しゅうない。早速、意見を述べるがよい。さあ、さあさあ」

鼻息荒く詰め寄るヴァルドールに、臣下たちは困ったように顔を見合わせた。

しかし、他でもない王からの頼みである。いつまでも黙っているわけにはいかないと思ったか、その内のひとりがおずおずと口を開いた。

「わたくしの場合は、ですが……。『おはよう』や『いってきます』の口づけは、欠かさず行っておりました」

「ほう！　挨拶の際に口づけをするのか」

「左様でございます。互いの愛情を伝え合うために有効かと」

「それなら、今日からでも始められるな」

ヴァルドールは手元にあった帳面に『挨拶の口づけ』と記した。

次に別の臣下が、少し照れたように口を開く。

「わたくしは、互いに食事を食べさせ合ったり、共に茶を飲んだりいたします」

「食べさせ合いに、茶か」

「はい。鳥も求愛給餌《きゅうじ》をいたしますように、食べ物を相手に与えるというのは、一種の愛情表現と思っております」

「なるほど、確かにそうだな」

深く頷き、ヴァルドールは臣下の言葉を帳面に記していく。

そうしている内にどんどん調子が出てきたのか、臣下たちが口々に案を出し始めた。

「共に庭園を散歩するのもよいかもしれませぬ」

「あとはおふたりで美味しいものを召し上がってはいかがでしょう？　女性は甘いものが好きですし、今流行のお菓子を職人に作らせてみては？」

「そ、そうしたらサラは喜んでくれるだろうか」

「もちろんですとも。陛下が口説けば、大抵の女性はフラフラ、メロメロですぞ」

「フラフラ、メロメロ……」

そわそわしながら、ヴァルドールは帳面を胸に抱きしめる。

サラが自分に満面の笑みを向けてくれるところを想像するだけで、ときめきのあまり胸が苦しくなってしまう。

もし彼女を喜ばせることができたら、あの可愛らしい声で「ヴァルドール、ありがとう」と言ってくれるかもしれない。

もしかして「お礼の口づけ」などもしてくれるかもしれない。

いや、それどころか、あんなことやそんなこともしてくれるかもしれない。

あんなことやそんなことというのは、具体的にどんなことだろう。

想像するだけで、呼吸がはぁはぁと荒くなってしまう。

「い、息が苦しい……！」

「陛下！」

「大丈夫でございますか、陛下‼　誰か、至急典医殿を呼んでこい‼」

「だ、大事ない。そなたらのおかげで助かったぞ、礼を言う」

ぜえぜえと呼吸を繰り返しながら、ヴァルドールはこれ以上の醜態をさらすまいと、臣下たちを部屋の外へ追い払った。

そして両手で顔を覆いながら寝台に突っ伏し、「あああああああああああ」と叫びながらごろんばたんと芋虫のように転がる。

「サラ、サラ、好きだ……！　そなたから口づけなどされたら、私は正気でいられる自信がない……‼」

枕をきつく抱きしめて激情を逃そうとするも、やはりじっとはしておれない。

更にごろんばたんと暴れた挙げ句、寝台の下へ転げ落ちてしまった。

どすん、と背中に鈍い痛みが走り、ヴァルドールは顔をしかめた。

「うぅ……」

取り乱したヴァルドールをあざ笑うかのように、壁にかけられた自身の肖像画が冷静な瞳で見下ろしてくる。

「……何だ、その目は」

じろりと、ヴァルドールは肖像画を睨みつけた。

五十年ほど前に描かれたものだが、何とも気にくわない表情だ。

妙にお高くとまっているというか、ツンとしているというか……。

「そなたなど、恋も知らぬくせに」

絵の中に存在するかつての自分へ向かって、ヴァルドールは忌々しげに吐き捨てた。

魔族は、ことに王族は、精力絶倫で惚れやすいと言われている。

それは、種族的に子を為《な》しにくい体質だからであり、より多くの相手と交わって子孫を残すための、いわゆる本能の一種とされていた。

しかしそんな中にあって、ヴァルドールが女に本気になることは一度もなかった。父王が心配して、何度か医者に診せたほどである。

ヴァルドール自身、己はもしかして王族として重要な務めである、世継ぎを残すことができないのではないかと心配していたほどだ。

臣下たちは皆、忠誠心の厚い者ばかりであり、そんなヴァルドールを誹《そし》る者はひとりとしていなかった。が、だからこそ余計に、そんな彼らを不安にさせていることが申し訳なかった。

申し訳なさのあまり何とか自分でも役に立てることはないかと、淡々と政務に打ち込んできた。宴や夜会で言い寄る女は多かったが、歯牙《しが》にもかけず冷たく振ってきた。

その冷徹で潔癖な態度ゆえに、女たちから『氷の王子』と呼ばれていた時期もあるほどである。

今となっては葬り去りたい、暗黒の歴史だ。

だが、サラと出会って私は変わった——いや、これからもっともっと変わっていくのだ。

恋というものが、かくも素晴らしきものだとは知らなかった。

凍っていたヴァルドールの心を、こうも簡単に溶かし、瞬く間に熱くするなんて。

じんわりと温かくなる胸を押さえながら、ヴァルドールはほう、とため息をついた。

ヴァルドールは女に本気になれなかったわけではない。たったひとりの運命の相手に、まだ出会っていなかっただけなのだ。

サラさえいれば、他の女などいらない。サラだけが、ヴァルドールの凍った心に温かな息吹《いぶき》を吹き込むのだ。

彼女を喜ばせるためならば、何でもしよう。

まずは手始めとして、臣下たちから教えてもらった情報を元に、サラと交流するための策を練ろう。

ヴァルドールは帳面を手に机に向かい、思案する。

心を通わせるためには、何からすべきか。

挨拶の口づけから？　それとも、食べさせ合いから？

だが、サラは恥ずかしがり屋だ。そんなことをしたら、羞恥のあまり逃げ出してしまうかもしれない。

「もっと……もっと何か気軽にできること……。そうだ！」

ふたりで庭園を散歩したり、茶会をしたりするのもよいと、臣下のひとりが言っていたではないか。

王城の庭には広い温室があり、特別な魔法によって年中、色とりどりの花を咲かせている。

花には心を和ませる効果があると言うし、共に温室で茶会をするのは名案に思えた。

一緒に花を見れば、サラももっと打ち解けてくれるかもしれない。そうなれば、夢にまで見た彼女とのイチャイチャ生活の幕開けだ。

そうと決まればモタモタしていられない。サラと気兼ねなくゆっくり過ごすために、政務も前倒しで終わらせておかねばならない。

それから、庭師や女官たちと打ち合わせもしなければ。

ヴァルドールは今にも踊り出さんばかりの軽やかな足取りで、いそいそと自室を後にしたのだった。

◆

思いもかけずスタートした魔王城での生活は、ごくごく平和で居心地のよいものだった。

ご飯は美味しいし、綺麗なドレスも着せてもらえる。昼食の後にはお茶もお菓子も用意され、至れり尽くせりである。

何より、侍女たちを始めとする城の住人は皆、沙羅に優しい。

ヴァルドールの臣下らしき男性たちは、廊下ですれ違うたびに沙羅にキャンディやチョコレートをくれる。複雑な気持ちだが、魔族という種は出生率が非常に低いらしく、沙羅のような十代の少女を見ることは稀《まれ》なのだそうだ。

何百年も生きている彼らからすれば、たった十七歳の沙羅なんてまだまだ小さな子供なのだろう。

「何と可愛らしい王妃さまでしょう」

「孫ができたような気分ですじゃ」

などと言って、非常に可愛がってくれる。

だが、こうしてただよくしてもらっているだけでは申し訳ない。

この状況は予定外だったが、それでも、妃として迎えられた以上は役目をまっとうするべきだろう。

ただ好意に甘えるだけの生活は楽だろうが、他人から借りた恩や受けた親切はきちんと返せというのが、亡き両親の教えでもある。

「問題は、何をすればいいのかってことなんだけど……」

普通、王妃というのはどんなことをするものなのだろう。

イメージとしては、何かの式典に出席したり、民のために祈りを捧げたり、国政に携わったりすることだが、ガルディアでもそうとは限らない。

ましてやそれを知ったところで、数日前までただの女子高生として生活していた沙羅が役に立てるとは到底思えない。

「わたしが、本物の王女だったらなぁ……」

王族として教育を受けてきたサラベル王女だったら、きっと何らかの形でヴァルドールの助けとなったのだろう。

だが、それを言ったって始まらない。沙羅は沙羅で、自分にできることを探すしかないのだ。

「……そうだ！」

突如妙案を思いつき、沙羅は両手をぽんと打ち合わせた。

壁際の棚に置いてあった鈴を鳴らして、隣室に控えているミリアナを呼ぶ。

「サラさま、お呼びでしょうか」

十秒もかからぬ内に現れたミリアナに、沙羅は遠慮がちに問いかけた。

「実は、もしよかったらミリアナに、このお城でやるべきことやしきたりなんかを教えてもらいたいんです」

「やるべきこと、でございますか？」

「はい。ただお世話になっているだけでは気が引けますし、他の王妃さまたちにも申し訳なくて……」

「他の王妃さま？」

沙羅の言葉に、ミリアナは驚いたように目を大きく瞬かせる。そんなことを言われるなんて、想像もしていなかった、と言いたげな表情だ。

そして、戸惑いながらも言葉を続けた。

「陛下のお妃さまは、サラさまただおひとりです。まさか、誰かそのように無礼なことをサラさまに申し上げましたか？」

「い、いいえ！　ただ、わたしがそう思っただけで……。でも、それじゃ、この国にハーレムはないんですか？」

ファンタジー小説では、魔王は大抵悪役で、大国の王女を攫って自分のハーレムに加えることを野望としていたものだ。

現実と小説を一緒にするのはおかしいかもしれないが、一目見た瞬間に沙羅を「妃にする」などと言うくらいだ。きっとヴァルドールは惚れっぽく、大勢の女性を侍《はべ》らせているのだろうと思っていたのだが。

「はーれ？　とは何でしょう」

ミリアナは目をぱちぱちとしばたたかせ、不思議そうに首を傾げている。

どうやらエーベルトの施した言語変換魔法は、外来語や地球固有の生物などの名称を翻訳するのに適していないらしい。

「えーと、ハーレムって日本語でなんだっけ。大奥じゃなくて……そう、後宮だ！　ありませんか？」

「後宮でございますか？　建物自体は残っておりますが、今は使われておりません。先王陛下は五十人近い側室をお抱えでしたが、現王陛下にとってはサラさまが初恋でございますから」

「えっ、初恋？」

今度は沙羅が目を瞬かせる番である。

「あの、ヴァルドールって歳《とし》はいくつなんですか?」

「今年で、御年三百十八になりです」

「さんびゃく……」

途方もない数字に、唖然《あぜん》とするしかなかった。

見た目だけでいえば、彼はまだ三十代半ばほどにしか見えないが、やはり沙羅よりかなり年上である。

それなのに、大事な初恋をわたしなんかに捧げてもいいのかな……。

あんなに綺麗で、地位も権力もある人だ。きっと、他にもいい相手はたくさんいるはず。

もしかして彼は、『人間の王女』という身分に惹《ひ》かれたのだろうか。だとすれば、本当に申し訳なく思う。

黙り込む沙羅の姿に何を思ったか、ミリアナが微笑みながら、励ますような声で告げた。

「サラさま、どうか自信を持ってください。魔族は愛情深い種族……。陛下は、サラさまのことを本気で愛していらっしゃいますわ」

そういうことを心配しているわけではないのだが、嬉しそうなミリアナの顔を見ていると、何も言えなくなってしまう。

「そう、でしょうか」

「ええ。サラさまと接している時の陛下は、とても生き生きとしていらっしゃって、以前とはまるで別人のようです。陛下にお仕えする者として、これほど嬉しいことはございません。ですから、サラさまにはこの城で心穏やかに過ごしていただくことが、陛下の、そしてわたくしたちの一番の望みです」

しみじみと喜びをあらわにするミリアナの姿に、沙羅はますます罪悪感に苛《さいな》まれた。

今、自分がやっていることは、ヴァルドールだけではなく、こうして彼の結婚を喜んでいるミリアナたちをも騙す行為なのだ。

もちろん美沙を守るためには必要なこととわかっている。それでも、仕方ないと簡単に割り切れるほど、沙羅は単純にはなりきれない。

そんな風に沈んだ沙羅の様子を見て、ミリアナは何かを勘違いしたらしい。

こほんと咳払いを落とすと、悪戯《いたずら》っぽい笑みを浮かべる。

「……とはいえサラさまのお望みとあらば、応えざるを得ませんわね」

「ミリアナ？」

「ガルディアでのしきたりや作法を簡単に記した本が図書室にございます。まずは知識から入って、ゆっくりと実践に移っていきましょうね」

「ありがとうございます！」

ぱっと笑みを浮かべ、沙羅は声を弾ませる。すぐに役に立つことは難しいだろうが、千里の道も一歩からと言うし、まずは少しずつ学んでいこう。

「いえいえ、とんでもないことでございます。それでは、すぐに持って参りますので、少々お待ちくださいませ」

そう言って部屋を去ったミリアナが戻ってきたのは、それから程なくしてだった。

手には装丁の美しいいくつかの本を携えており、それらを机の上に重ねて置いてくれる。

まずは簡単に目を通して、雰囲気を摑んでおくといい。そう言って、ミリアナは部屋を出ていった。

沙羅は早速、『王妃の一日』と題された一冊の本を開く。

どうやらそれは、かつてこの国の王妃だった女性が記した日記のようで、日付と共にその日あった出来事が書いてあった。

その日記によると、ガルディアでの王妃の役割はそう多くはないらしい。

政に関わるのは主に男性の仕事であるし、他国との交流もない。式典も年に数回で、あとはせいぜい、貴族の女性たちを招いて茶会や音楽会を開くくらいとのことである。

「うーん……。式典に、お茶会の主催かぁ。ハードルが高いなぁ……」

ぶつぶつと独り言を口にしながら、今度は別の本を開く。

『貴婦人の宮廷作法』と書かれたこれは、いわゆる女性のためのマナーブックだ。ガルディアでのしきたりや作法について書かれており、式典の流れや茶会のイロハも図説でわかりやすく記されている。

式典に関しては、座っていることも多く、喋ることもほとんどないため何とかなるかもしれない。

問題は、お茶会のほうだ。そちらはただ、流れのとおりに進めればいいというわけではない。招待客がどんな人物なのか、どんなことに興味があるのかまでリサーチした上で、居心地よく過ごしてもらうよう気を遣うのが主催の役割なのである。

わかっていたことだが、王妃としてやっていくのはなかなかに大変そうだ。

思わずため息をついた、その時だった。ノックの音と共に、低い声が聞こえてきたのは。

「サラ、いるか？　入ってもよいだろうか」

ヴァルドールだ。

「あ……、ど、どうぞ」

沙羅はうわずった声で返事をした。

近頃政務で忙しくしているらしく、彼と顔を合わせるのは、初めて共に食事をとったあの朝以来のことである。どうしても緊張してしまう。

「失礼する」

すっと開いた扉の隙間から、ヴァルドールが現れた。

赤い裏地の黒マントに、上下揃いの黒い衣服。赤い宝石がアクセントになった、吸血鬼のようなゴシック衣装だ。肩には、肉も皮もない骨組みだけの鳥らしきものが乗っており、ぎょろりとした三つの赤い目が沙羅を見つめているように見えた。

不気味な飾りだな、と思いつつも、あまりのインパクトに視線を逸らせずにいると、不意に鳥のくちばしが動いた。

《ごきげんよう、王妃さま。お会いできて光栄です》

ほ、骨が喋った……⁉

ものすごい衝撃を受けて後ずさる沙羅を見て、ヴァルドールが苦笑した。

「ほら、そなたが急に話しかけるものだから、我が妃が驚いているではないか。――サラ、心配ない。これは骨烏と言って、代々王家に仕えてくれている使い魔だ。見た目は不気味だが、よく気の利くよい小魔獣で、害はない」

「つ、使い魔……。そうですか」

《驚かせて申し訳ございません、王妃さま。今日は、王妃さまにお見せしたいものがあり、こうしてやって参りました》

見せたいもの？　と首を傾げる沙羅の前で、骨烏が羽を広げてみせる。すると、骨でできた彼の身体の中に、見覚えのあるものが収められているのが見えた。

「わたしのスマホ！」

《やはり、王妃さまのものでしたか。どうぞ、お受け取りください》

そう骨烏が言うなり、彼――彼女かもしれない――の肋骨の一部が歪んで、体内のスマートフォンを取り出せるだけの隙間が開く。

未知の生物に対する恐怖も忘れ、沙羅は急いた手つきでスマートフォンを取り出した。

確認のために電源ボタンを押してみると、何の問題もなく液晶の明かりがつき、待ち受け画面が表示される。満面の笑みを浮かべる、美沙の写真だ。

多少土で汚れているが、どこも壊れていないことにほっとしながら、沙羅は骨烏に視線をやった。

「これ、どこに落ちてたの？」

《森の中です。巡回していた時に見つけたのですが、見覚えのないものですし、もしかしたら王妃さまのものではないかと拾っておいてよかったです》

「ありがとう……。すごく嬉しい」

もう手元には戻ってこないだろうと諦《あきら》めていただけに、こうして見つけてもらえたことが嬉しい。

「大事なものなのか？」

「はい……。妹の、写真が入っていて……」

「シャシン？」

妙な発音で問いかけられ、ハッとする。

いけない、これはこの世界にはないものだったんだ。

「……あ。えっと、しょ、肖像画のことです」

「ほう。ファランディアには、変わった肖像画入れがあるのだな」

「はい、今流行《はや》っていて」

誤魔化すように微笑むと、沙羅は慌ててスマートフォンの電源を切った。そして、引き出しの中に隠すようにしまいこみ、改めて、骨烏に礼を言う。

「見つけてくれて、本当にありがとう。すごく嬉しいです」

《お役に立て、誠に光栄でございます。今後も、王妃さまのお役に立てれば幸いです》

そう言って優雅に礼をすると、骨烏はギシギシと軋むような羽ばたきの音を立てて去っていった。

「突然すまぬな。だが、そなたの大事なものが見つかってよかった」

「お忙しい中、わざわざありがとうございます」

きっと彼は、政務の合間を縫って、骨烏をここまで連れてきてくれたのだろう。

改めてヴァルドールを見上げて礼を言う沙羅だったが、次の瞬間、思わずぎょっと目を見開いた。

「ヴァ、ヴァルドール！　その顔、どうしたんですか⁉」

今まで骨烏に視線をやっていたため気づかなかったが、ものすごい顔色だ。いつもの雪白の肌ではない。まるで、死んだ魚の腹のような不健康な白さである。

更に、頬はこけ、目の下には色濃く浮かぶクマが。唇の色は青ざめ、端整な彼の美貌がすっかり窶《やつ》れてしまっているではないか。

「顔色が……。お、お医者さんを……！」

動揺を隠せずあたふたとする沙羅に、彼は何ということもないように、首を横に振った。

「何、心配いらぬ。少し夜更かしをしただけだ」

「す、少しってレベルじゃ……。このところ政務で忙しいって聞いてましたけど、もしかして、全然寝てないんじゃないですか？」

「たった一週間やそこら眠らなかっただけだ。魔族は頑丈だからな。問題ない」

ふっ、とヴァルドールが吐息混じりの不敵な笑いを零すが、今にも死にそうな顔色で笑っている場合ではない。

「少しも問題なくなんかありません！　早くお部屋に戻って寝てください！」

「嫌だ」

「い、嫌って……」

「せっかく久々にそなたの顔を見られたのだ。このままおめおめと部屋に戻ってなるものか」

駄々っ子のような物言いに、以前熱を出した際にそれでも遠足に行こうとした美沙の姿が重なる。

その瞬間、沙羅の中で何かのスイッチが入った。

ここで無理をして、もし身体を壊したら、どれだけの人に心配と迷惑をかけると思っているのだろう。

そうして気づけば、遠慮も何も忘れて怒りの声を上げていた。

「そんなこと言ってる場合じゃないでしょう！」

「サ、サラ？」

突然の大声に、ヴァルドールは驚いたように目を見開いている。しまった、と一瞬思った沙羅だったが、彼を休ませるためなのだからと自分に言い聞かせ、強い態度を貫く。

「部屋に戻りたくないならここで休んでいってもいいから、少し寝てください」

「サラ、私は眠くなど――」

「反論は聞きません！」

すっかり『姉』モードになった沙羅は、ぐいぐいと彼の背を押し、ソファへと追いやる。

「しばらくしたら起こしますから、おとなしくしていてください」

そう言うと、沙羅は寝室へと足を向けた。掛け布を持って戻ると、ヴァルドールはソファに腰掛けたまま、不満そうな顔をしている。

「サラと話がしたい……。せっかく会いに来たのにただ眠るだけなんて、もったいないではないか……」

ぶつぶつと呟く彼の、すねたような表情を見ている内に、段々と呆れや怒りを通り越してなんだか笑えてきた。

「もう……。話なら後でいくらでもしますから、今は休んでください」

「……そなたがずっと傍にいてくれるなら、おとなしく寝ると約束しよう」

ヴァルドールからの申し出に、沙羅は苦笑を零した。

まるで子供のようなわがままだ。とても人間たちに恐れられている魔王さまとは思えない。

「わかりました。ヴァルドールの目が覚めるまで、傍にいます」

そう告げると、彼はようやくソファに横たわってくれた。

柔らかなソファは、長身のヴァルドールが寝転がっても余裕があるほどに、広く、大きい。

掛け布を広げて大きな身体を覆ってやると、沙羅は机の傍にあった椅子を引っ張ってきて、ソファの傍らに腰掛けた。

「仕事熱心なのはいいことですけど、あまり無理しないでくださいね。王さまが倒れたら、皆心配するでしょう?」

彼の額に手を当て、熱の有無を確認しながら穏やかに窘める。

どうしてそんなに頑張っていたのかはわからないが、身体を壊してしまっては元も子もない。

熱がないことにほっとしていると、ヴァルドールの赤い目が沙羅へと向けられた。

「……私が倒れたら、そなたも心配してくれるのか?」

「もちろんです。ヴァルドールにはお世話になっていますから」

一宿一飯の恩義、という言葉があるが、沙羅が彼に受けた恩はそれどころではない。

それでなくとも、多少なりとも関わりのある相手が倒れれば、心配するのが人情というものだろう。

「世話に……か。そなたは優しいのだな、サラ」

「いえ、そんな……」

一瞬だけ、どきりとした。

気のせいかもしれないが、ヴァルドールの声が少し寂しそうに聞こえたのだ。

だがそれを確かめるより先に、彼は不敵な笑みを浮かべると、沙羅の手首を摑んで己のほうへと引き寄せる。

そうして、バランスを崩して倒れ込んだ沙羅の頰に、口づけをしたのだ。

「っ……」

「そなたが私のことを『妻』として心配してくれるようになれば、もっと嬉しいのだが」

「ふ、ふざけてないで寝てください……っ」

真っ赤になって叫べば、ヴァルドールは笑いながら沙羅の手首を離す。

「やれやれ、我が妃は手厳しい。これ以上怒らせないためにも、早く寝るとするか」

悪びれない態度でそう言った彼は、ひとつあくびを落とすと、静かに目を閉じた。

元々疲れていたところを、無理してここまでやってきたのだろう。瞼が完全に閉ざされてすぐ、安らかな寝息が聞こえてくる。

それを確認し、沙羅はふぅ、とため息をついた。

本当に、困った魔王さまだ。まだ出会って一週間程度だというのに、ずいぶんと振り回されている気がする。

だけど不思議と、それを嫌だと思わない自分がいるのは、ヴァルドールがどこか憎めない性格をしているからだろうか。

「少し横暴だし、強面《こわもて》だけど……いい人だもんね。優しくて、親切で」

肌理《きめ》の細かい頬に指先で触れると、むにゃ……とおぼつかない声が上がる。

起こしてしまっただろうかと息を詰めると、彼は目を瞑ったまま、再び口を開いた。

「好きだ……」

どうやら寝言だったらしい。

ニンジンの夢でも見てるのかな。

ヴァルドールの無防備な寝顔を見つめながら、沙羅はひとりでくすくすと笑った。

四話　絶倫モード発動中⁉

写真の中で、ランドセルを背負った美沙《みさ》が笑っている。

「はぁ……」

昨日、手元に戻ってきたスマートフォンの画面を見つめながら、沙羅《さら》はため息をついた。

画像フォルダを見れば、美沙の姿ばかり。どれを見ても、懐かしさが募る。

ファランディアを離れて、一週間。美沙はどうしているだろうか。

きっと約束どおり、王さまやエーベルトがよくしてくれている。そう信じたかったが、真実を確かめるすべがないだけに、日を追うごとに、心配が募ってしまう。

「サラさま、どうかなさいましたか？」

寝室の掃除をしていたミリアナが、落ち込むサラを見て気遣わしげに声をかける。

「いいえ、何でもないんです。ただ、ファランディアに置いてきた妹のことが気になって……」

スマートフォンの電源を切りながら、沙羅はミリアナへ顔を向けた。

ボロが出ても困るから、あまり自分のことは話さないようにしていたが、この程度の情報ならば口にしても問題ないだろう。

「まあ。サラさまには、妹君がいらっしゃるのですか？」

「はい。まだ十歳なんですけど、お姉ちゃんっ子だったからどう過ごしてるか心配で」

「あら、それでしたら陛下にお願いして、『千里の瞳《ひとみ》』を貸してもらえばよろしいですわ」

「千里の瞳？」

聞いたことのない単語だった。

首を傾《かし》げて繰り返す沙羅に、ミリアナが微笑《ほほえ》みながら頷《うなず》く。

「はい。魔導具の一種で、ガルディア王家に代々伝わる宝です。その中を覗《のぞ》けば、大海の底も、ファランディアにある蟻《あり》の巣も見渡せるという貴重な水晶なのだとか。サラさまのお願いなら、陛下もきっとお貸しくださると思いますわ」

それを見れば、美沙の無事を確かめることができる――？

だったら、多少無理を言ってでもヴァルドールにお願いして、水晶を見せてもらいたい。

そう思った沙羅は、早速、ミリアナに頼んで彼の部屋を訪れる許可をもらった。

ヴァルドールの部屋は、沙羅の部屋からそう遠くない場所にある。

特徴的な黒い扉にはいかにも魔王の部屋らしく蝙蝠《こうもり》に似た魔物の彫刻がされており、今にも羽ばたいて飛んでいきそうなほどにリアルだ。

その扉の前に佇《たたず》み、沙羅は緊張とともにノックした。

「ヴァルドール？　沙羅です……」

「――入るがよい」

重低音の声が、入室を促す。

一歩足を踏み入れると、真っ黒な内装が沙羅を出迎えた。

壁紙、カーテン、机、椅子《いす》、飾られている花まで黒い。

これぞ魔王の部屋という感じだ。

その部屋の中央にある机の向こうにヴァルドールは座しており、沙羅の入室を確かめるなり立ち上がって近づいていた。

「よく来たな、サラ」

「急にごめんなさい。あの……体調は大丈夫ですか？」

「ああ。大事ない。そなたが部屋で休ませてくれたおかげだ。そんなことより、千里の瞳が必要なのだそうだな」

どうやら既に、ミリアナから話を聞いていたらしい。

こくりと頷く沙羅に「少し待っていろ」と告げると、彼は部屋の片隅に設置されている台座へ近寄り、上から被《かぶ》せていた布を取った。

するとそこには、丸い石が鎮座していた。ヴァルドールが抱えると、灰色だったそれは瞬く間に黄金色に変化する。

「これ……ファランディアにも、似たようなものがありました。もっと小さかったけど、神力を持っている人が手にしたら、こんな風に色が変わって……」

「ああ。それは恐らく、魔石だな」

「魔石、ですか？」

「ああ。大気中の魔素が長年の時を経て硬化したもので、触れた者の持つ魔力――そなたたちは神力と言うのだったな。まあとにかく、その者の個性によって色を変える。これは魔導具として少々改良を加えているが、その作用に関してはファランディアにあるものと変わりない。

私の場合は、見てのとおり黄金色だな」

「わたしは、青です。ファランディアの神官長は、虹色でした」

「ほう？　通常は単色なのだが……珍しいこともあったものだな」

ふむ、とヴァルドールは顎《あご》に手をやる。

しかしすぐに、どうでもいいことだとでも言うように首を横に振った。

「まあそれはいいとして……。この水晶に手で触れ、見たいものや人を思い浮かべると、望んだ情景が映し出される。向こうの声は聞こえるが、こちらの声や姿は向こうには届かぬ」

「ありがとうございます、ヴァルドール」

「礼はいらぬ。妻のささやかな頼みだ。だが……様子を見るだけでは、物足りないのではないか？　何なら、妹をここへ連れてきてもよいのだぞ。サラの妹ならば喜んで迎え入れよう」

思いがけない申し出に、沙羅は、焦てて両手を振った。

「い、いえ！　ヴァルドールにそこまで迷惑をかけるわけにはいきませんから。ただ、様子が見られればそれでいいんです！」

「そうか……？　ならば存分に、妹の様子を確かめるとよいぞ」

微笑んだヴァルドールは、沙羅に気を利かせてか、部屋を出ていってくれた。

残された沙羅は、彼に言われたとおり美沙のことを思いながら水晶に触れる。

すると水晶が徐々に青色に変じていき、やがてどこかの風景が映し出される。

可愛《かわい》らしい部屋だった。

くまやうさぎのぬいぐるみが部屋のあちらこちらに飾られ、ピンク色のカーテンや花柄の壁紙が、女の子らしさを感じさせる。

その部屋の中央に、美沙はいた。すぐ傍《そば》には同じ歳《とし》くらいの小さな男の子や女の子たちがおり、美沙と一緒に落書きをして遊んでいる。

沙羅はかじりつくように、水晶の中の光景に見入った。

「ミサ、それは何を描いているの？」

「えっとねぇ、てんとう虫だよ！」

友人たちへ向けて、美沙はお世辞にも上手とは言いがたいてんとう虫の絵を見せる。

「知ってる？　てんとう虫は、幸せを運ぶ虫って言われてるんだよ！」

「そうなの？」

「お姉ちゃんが言ってたの！　てんとう虫が身体《からだ》に止まると、すごくいいことが起こるんだって。だから、美沙はてんとう虫が好きなの！」

誇らしげに胸を張る美沙はとても元気そうで、部屋の様子や着ている服を見ても、大事に扱われていることがよくわかった。

どうやら、約束は守ってもらえたらしい。

「よかったぁ……」

安堵《あんど》するあまり、身体からへなへなと力が抜けてしまう。

これでもし、美沙が不幸な目に遭っているなどということでもあれば、沙羅は何としてでも、国王たちにそのことを後悔させていただろう。

だがこれでしばらくは安心だ。

もちろん傍にいない分、心配は尽きない。だが、少なくとも沙羅が生贄《いけにえ》として死んだからといって、その後の責任を放棄するほどまでに、ファランディア国王は無責任ではなかったらしい。

「美沙……お友達できたんだね。よかったね」

水晶越しに指で妹の姿をなぞりながら、沙羅は目に涙を浮かべる。

小学校でも友達の多い子だったから、一度打ち解ければすぐに仲よくなれる性格だということは知っていたが、異世界でも仲よくできる子供たちがいるというのは幸せなことだ。

このまま、健やかに楽しく暮らしてくれればそれでいい。

ヴァルドールは妹を呼び寄せればいいと言ったけれど、美沙はまだ子供で、自分の置かれた状況をよくは理解していない。説明したところで、いつかぽろりと、自分たちが王族の人間などではないことを漏らしてしまうかもしれないのだ。

美沙の安全を考えるなら、やはり姉妹別々に暮らしたほうがよいのだ。

沙羅は水晶から手を放し、目元に滲《にじ》んだ涙を手の甲で拭いた。

いつまでも美沙のことを見ていたいが、そういうわけにもいかない。これはヴァルドールの水晶で、彼の厚意によって貸してもらっているのだから、あまり甘えては駄目だ。

「終わりました」

部屋の外へ声をかけると、ややあってヴァルドールが扉の向こうから姿を現した。

「もうよいのか？　妹はどうだった」

「すごく元気そうで安心しました。水晶、貸してくださってありがとうございます」

「そなたが喜んでくれるならお安いご用だ」

ヴァルドールは気にするなと言う風に、沙羅の頭をぽんぽんと撫《な》でる。

幼い子供扱いをされたようなくすぐったさに身を捩《よじ》りながら、沙羅は今一度頭を下げた。

「本当にありがとうございます。どうお礼を言ったらいいか」

「そうだな……。礼は、そなたからの口づけでいい」

「く、口づけ!?」

わたしが、ヴァルドールにキスするってこと？

自然と、視線が彼の唇へと吸い寄せられる。

彼とキスをする。そのことを想像しても、不思議と嫌ではない。

だけど、自分からキスするなんて……。

それとも単なるお礼なのだから、別にそこまで気にしなくともいいのだろうか？

迷った末、沙羅はおずおずと提案した。

「あ、あの……ほっぺたでもいいですか？」

「ああ、もちろんだ」

「それじゃ……目を瞑《つぶ》っていてください」

沙羅の願いに、ヴァルドールは意外にも素直に従ってくれた。

腰をかがめてくれた彼の肩にドキドキしながら手をかけ、沙羅は少しだけ背伸びをする。

そして——ちゅっ、と。

ほんの軽く、頬《ほお》に触れるだけのキスをした。

そうして気づけば、目を瞑っていたはずのヴァルドールが、沙羅を見つめていた。

「これで終わりか？」

「っ……終わりです！」

からかうような声音に急激に羞恥《しゅうち》がこみ上げ、沙羅は逃げるようにその場を後にする。

相手からの願いだったとはいえ、そして頬とはいえ、自分からキスをしてしまった。

そのことが、無性に恥ずかしかった。

◆

――真っ赤な顔をしながら去っていく沙羅を見送りながら、ヴァルドールはくつくつと声を上げて笑う。

サラからの願いがある、とミリアナがやってきた時は何事かと思ったが……。あまりにも張り合いのない願いに、拍子抜けしてしまうほどだった。そんな簡単なことで本当によいのだろうかと。サラのためなら、新しいドレスでも宝石でも城でも贈ってみせるのに、と。

だが、サラにとってはどんな高価な贈り物より、妹が大事なのだろう。

であればその願い、叶《かな》えないわけにはいかない。

返礼に口づけをねだったのは、半ば冗談だった。初心《うぶ》な彼女をからかうつもりで口にした一言を、まさか本気にするとは思いもしなかった。

サラにしてみれば、本当に単なるお礼のつもりだったのだろう。

それでも、愛する人からの口づけには変わりない。

頬に受けた柔らかな感触を思い出すように、ヴァルドールは彼女の唇が触れた辺りに指で触れる。

――私のことも、いつか妹くらい大事に思ってくれればよいのだが。

指先にじんわりとした熱を感じながら、ヴァルドールはしばらく、サラが去っていった方向を見つめて佇んでいた。

◆

この日、沙羅はミリアナに連れ出され、城の庭を訪れていた。

「さあ、こちらです。サラさま」

先導するミリアナに、沙羅は戸惑い気味についていく。

先ほどまで自室でくつろいでいたのだが、そこにやってきたミリアナが、庭に出ようと誘ってきたのだ。

ただの散歩かと思っていたのだが、ミリアナはわざわざ沙羅の髪をセットし、新しいドレスに着替えさせる念の入れようである。

「いきなりどうしたの？」

「着いてからのお楽しみです」

ミリアナは悪戯《いたずら》っぽく笑うだけで、それ以上のことは教えてくれなかった。

秋の風が、チョコレート色のロングドレスの裾《すそ》をはためかせる。少し肌寒いが、我慢できないほどではない。ショールを羽織ってきて正解だ、と沙羅は思った。

ミリアナが足を止めたのは、庭園を歩いてしばらく経ってからのことだった。

「さあ、着きましたよ」

その言葉に顔を上げた瞬間、沙羅は驚きに大きく目を見開いた。

微笑むミリアナにそっと背を押され、足を前に踏み出す。そこには、夢のような光景が広がっていた。

庭園に置かれたパラソル付きのテーブルには、白いレースのテーブルクロスが掛けられ、綺《き》麗《れい》に絵付けされた陶磁器が並んでいる。

テーブル中央の花瓶には、淡い紫の薔薇《ばら》をメインとした可愛らしい花々が生けられており、夢にまで見た三段のアフタヌーン・ティーセットには、スコーンやマカロン、苺《いちご》ケーキにムース、テリーヌにサンドウィッチなど、美味《おい》しそうな食べ物が載せられている。

椅子にはピンクのクッションが置かれ、侍女たちがワゴンの上でお茶の準備をしていた。

「おかけになってお待ちを。すぐに陛下がいらっしゃいます」

ミリアナが椅子を引いてくれ、沙羅はおずおずと腰掛ける。

大抵の女の子なら、一度はアフタヌーン・ティーに憧《あこが》れたことがあるものだろう。

かく言う沙羅もそうだ。

アルバイト代のほとんどを伯母の家に入れている身では、ホテルのアフタヌーン・ティーなど夢のまた夢だ。それどころか、お手軽なカフェでさえも手が届かない。

だが、行ってみたいと思うことだけはタダである。

時折グルメ情報誌やテレビの宣伝などを見て目を輝かせつつ、叶わぬ夢に思いを馳《は》せてため息をついていたものだ。

その、夢にまで見た光景が今、目の前に広がっている。

ホテルのアフタヌーン・ティーに勝るとも劣らない可愛らしいセットに、胸のときめきが収まらない。

「あの、ミリアナ。これって――」

「陛下が、サラさまのためにとご用意なさったのですよ。この日のために、政務も前倒しで行って……」

「えっ⁉ 嘘《うそ》、それじゃ……」

あの日、ヴァルドールが一週間眠っていないと言っていたのは、すべて今日のために仕事をしていたから……？

動揺する沙羅に、ミリアナがそっと耳打ちをする。

「ああ、噂《うわさ》をすればほら。陛下のおなりですよ」

慌てて背後を振り向けば、手に小さな花束を持ったヴァルドールがテーブルのほうへ歩いてくるところだった。

「サラ！」

相変わらず黒いマントに黒い衣服と、代わり映えのしない全身真っ黒なコーディネイトである。

いつもと変わらない服装。変わらない顔。変わらない声。

そして——満面の笑み。

どきん、と心臓が大きく鼓動を打ち、沙羅は思わず胸を押さえた。

何、今の……？

胸が、真綿で締められたような淡い痛みを訴える。

そんな沙羅に向かって、ヴァルドールは花束を持ったほうの手を上げると、嬉《うれ》しそうに振ってみせた。

「遅くなってすまない。待ったか？」

「い、いえ……！　今来たところです」

こんな会話をしていると、まるでデートの待ち合わせのようだ。そう思うと、ますます鼓動が大きくなる。

「今日はそなたに贈り物を持ってきた。と言ってもどのようなものが好きかわからなかったから、無難に花束にしたのだが……」

はにかんだように笑いながら、彼は沙羅に花束を差し出した。

沙羅の手にちょうどいいサイズのそれは、レースのように繊細な、薄紫のグラデーションが美しい花束だった。

鼻を近づけてみれば、煮詰めた砂糖のような甘い香りがする。

「綺麗……。これ、何ていうお花ですか?」

見た目はラナンキュラスに少し似ているが、ラナンキュラスはこんな香りではなかった気がする。

沙羅の問いかけに、ヴァルドールはどこか得意そうに答えた。

「実はその花は品種改良してできた新種なのだ。今朝《けさ》咲いたと庭師から報告があったばかりで、よい名前を考えてほしいと。——サラ」

「はい?」

「私はこの花に、サラと名づけようと思っている。我がガルディア王家では代々、新しく開発された花には大切な者の名をつけるのだ」

白い頬をほんのり赤く染めながら、ヴァルドールが意を決したようにそう告げた。

途端に、周囲にいた侍女たちが「まあ！」と浮き立ち、互いにひそひそと囁《ささや》き合う。

「陛下は、何て一途《いちず》なんでしょう」

「王妃さまのことをとても愛していらっしゃるのね」

「お似合いのご夫婦で、見ているこちらまで幸せになってしまうわ」

途端にその場は甘酸っぱい空気に包まれ、沙羅の頬もじんわりと熱を持つ。

いつもなら、彼のこのような口説き文句を耳にしても、どうせ一時の熱病のようなものだと聞き流せていたはずだ。

それなのに先ほどから、一体どうしてしまったのだろう。心臓がドキドキして、きゅうっと切なく締め付けられるようで……。これではまるで――。

ヴァルドールが沙羅の手首を摑《つか》み、己のほうへ引き寄せたのは、その時だった。

「さあ、席に着こう」

「あ、ありがとうございます」

そわそわと落ち着かない心地で椅子に腰掛けようとした沙羅だったが、なぜかそれより早く、ヴァルドールがその椅子に腰を下ろす。

あれ、と思った瞬間、彼はぽんぽんと自分の膝《ひざ》を叩《たた》き、嬉しそうに笑った。

「そなたの席はここだ」

「はい……？」

「ほら、早く我が膝の上に座るがいい」

ちょっと待ってほしい。

この状態でいきなり膝抱っこなんてされたら、なおさら心臓がおかしくなってしまう。

思わず後ずさりかけた沙羅の腕をヴァルドールがすかさず摑み、己のほうへ引き寄せる。ぽすん、と小さな音を立て、沙羅の身体はヴァルドールの膝の上に収まった。

身長、百五十センチと少し。ヴァルドールと比べればまるで子供のようである。

巨軀《きょく》と表現するにふさわしい彼の身体は、沙羅の体重ごときではびくともせず、鋼のように硬かった。

ふ、と首元にヴァルドールの吐息がかかり、沙羅は思わず身を捩る。

「ヴァルドール、下ろして……」

「駄目だ。これは夫婦の絆《きずな》を深めるための茶会なのだからな」

だからって、こんな風に男性の膝の上に座るなんて。それに、侍女たちの目もあるのに。

そう思って周囲に目を配ると、いつの間にか侍女たちは、ひとり残らずいなくなっているではないか。

「さあサラ、邪魔者はおらぬ。ふたりきりで楽しい茶会の時間を過ごそうではないか」

意気揚々とそう告げたヴァルドールは、沙羅の持っていた花束を空いた椅子に置き、ティーセットに手を伸ばす。

そして薔薇色のマカロンを手に取ったかと思えば、沙羅の口元へためらいなく運んだのだった。

「はい、あーん」

超重低音の声が、空気を震わせる。

よりにもよって魔王の「はい、あーん」を耳にする日が来ようとは、夢にも思わなかった。

しかし、折角差し出されたものを食べない訳にもいかない。沙羅は小さく口を開くと、えいやっとばかりにマカロンにかじりついた。そして――。

「美味しい！」

羞恥も忘れて思わず、声を弾ませる。

サクサクと軽やかな歯ごたえのマカロンは、バタークリームの風味とラズベリージャムの酸味がほどよく絡み合う、上品な味をしていた。

「そうだろう。料理人たちが、サラのために腕によりをかけて作った菓子だ。もっと食すがよい」

そう言ったヴァルドールは、次々と沙羅の口元へ食べ物を運ぶ。

スコーンにクッキー、ケーキに苺、ゼリーにムース。ティーカップの紅茶がなくなれば、新しく注いでくれる。

そのたびにヴァルドールは、「サラ、美味《うま》いか？」とか「この味は好きか？」などと聞いてきた。

あまりにも次々に運ばれてくるものだから口を休める暇もなく、沙羅はすぐに満腹になってしまう。

紅茶を飲んで、ふうとため息をついていると、ヴァルドールが心配そうな視線を送ってきた。

「どうした、サラ。もう食べぬのか?」

「ごめんなさい、お腹《なか》いっぱいで……」

「そうか。人間が小食なことを忘れていた。少し用意しすぎたな」

しょんぼりとした様子の彼を見ていると、何だか悪いことをしたような気になってしまい、沙羅は咄嗟《とっさ》に、こんなことを口にしていた。

「ヴァルドールも、食べてください。せっかくこんなに美味しいお菓子、余らせてしまったらもったいないし」

「サラ……」

「ほら、このマカロン、すごく美味しかったですよ。特に薔薇色のが美味しくて――」

彼に手渡そうと、マカロンをひとつ手に取る。そうして皿から持ち上げた瞬間だった。

ぱくり、と、指先ごとマカロンを頬張られたのは。

突然のことに頭が真っ白になり、沙羅は目を見開いたまま凍り付く。

そんな沙羅の目の前でマカロンを食べ終えたヴァルドールは、仕上げとばかりに指をちゅっ

と吸い上げると、妖《あや》しげな笑みを浮かべたのだった。

「ああ、確かに美味いな、サラ」

「っ‼」

ぽん、と頬が熱くなったのはきっと気のせいではないだろう。

い、い、い、今、指……！

反射的に彼の膝の上から逃げ出そうとした沙羅だったが、それを見越していたのか、ヴァルドールの腕が腹に回って阻止する。

「駄目だ、サラ」

「で、でも……っ」

「今日は、そなたと親交を深めると誓ったのだ。まだ、こうしていたい」

「それは命令ですか……？」

「命令ではない、私からの願いだ。今しばらくでいい。そなたを抱きしめさせてくれ」

そんな言い方をされると、沙羅もどうしていいかわからなくなってしまう。そうして、何度目かの疑問を覚える。

ヴァルドールは、本当に自分のことが好きなのだろうか、と。

うぬぼれる気はないが、いくら色恋沙汰《ざた》に鈍感な沙羅でも、彼から向けられる感情の意味はわかっているつもりだ。

一時の気の迷いだろうが何だろうが、今、彼が沙羅に抱いている愛情はきっと本物なのだろう。

——陛下が、サラさまのためにとご用意なさったのですよ、というミリアナの言葉が、不意に脳裏によみがえった。

◆

夜になった。

食事も入浴も終え、部屋でひとりになった沙羅は、ミリアナが花瓶に生けてくれた花束を見つめながらため息をついた。

——私はこの花に、サラと名づけようと思っている。我がガルディア王家では代々、新しく開発された花には大切な者の名をつけるのだ。

ヴァルドールの言葉を思い出すと、ますますため息は深くなる。

沙羅も、彼の優しさに惹《ひ》かれ始めている。だけどどうしても思考にブレーキがかかってしまうのは、沙羅が本物の王女ではないからだ。

もし、本気でヴァルドールを好きになって、両想《りょうおも》いになった後に王女でないことが発覚し、捨てられたら、と。無意識にその時のことを考えてしまい、躊躇《ちゅうちょ》しているのだ。

ふう、と何度目かのため息をついた時、部屋の外からノックの音がした。

「サラ、私だ。入ってもいいか」

「ど、どうぞ！」

つい今までヴァルドールのことで思い悩んでいただけに、本人の登場に思わず、声が裏返ってしまう。

冷静さを装おうと慌ててソファに座り直した瞬間、がちゃりと扉が開いてヴァルドールが現れた。

「寝る前の挨拶《あいさつ》に来た」

「あ……そっか、もうそんな時間」

壁際の時計に目を遣り、沙羅は呟《つぶや》く。

こちらの世界と地球とでは少々時間の流れに違いがあるようだが、時計の作りはさほど変わらない。針は十二時を指していた。

初めての夜以降、ヴァルドールはこうして夜やってきても、沙羅に指一本触れようとはしない。恐らくはあの日、沙羅が怖がったことを覚えていて、気を遣ってくれているのだろう。

そして今日も、沙羅を緊張させまいとしてか、扉の傍から離れようとはしない。

「今日は、そなたと茶会ができてとても楽しかった。私のわがままに付き合ってくれたこと、感謝する」

「わがままなんて、そんな。わたしのほうこそ、素敵なお茶会を開いてもらえて嬉しかったです」

「それならばよかった。そなたに喜んでもらうことこそ、我が至上の喜びだからな」

赤い目を細めて、ヴァルドールが笑う。そうしていると厳《いか》つい表情も柔らかくなり、優しげなまなざしに引き寄せられる。

心臓を柔らかな掌《てのひら》で、鷲《わし》づかみにされたような気分になった。

つきんと痛くて、甘くて、切ない感情に、胸の内が震える。

これは、何？

その問いかけに対する答えが出るより速く、銀の髪を翻し、ヴァルドールが部屋を去ろうとする。

ではな、と残された言葉ひとつじゃ足りなくて——。

気づけば沙羅は、彼を追いかけて服の袖《そで》を摑んでいた。

「——どうした？」

「あ……、あの……その……」

「サラ？」

綺麗な赤い瞳で気遣わしげに見つめられるだけで、頭にかぁっと血が上ってまともにものを考えられなくなってしまう。

気づけば沙羅は、心のままに浮かんだ言葉を口走っていた。

「ヴァルドールと、もっと一緒にいたい……です」

「な……」

自分が、とんでもないことを口にしている自覚はあった。

だけどどうしても、彼と離れたくなかった。

ちらりと上目遣いで様子を窺《うかが》うと、ヴァルドールは大きく目を見開いて沙羅を見下ろしている。

それを見た瞬間、沙羅は途端に己の言葉を後悔した。

きっと、ヴァルドールは呆《あき》れてしまっただろう。一国の王女が、男性に向かってそのような発言をするなど、はしたないと。

「ごめんなさい。今の、忘れてください……」

涙目になりながら、彼の服から手を離す。そうしてヴァルドールの退室を待つが、彼はいつまで経っても部屋から出ていく気配を見せなかった。

しばらく沈黙が流れ、やがてヴァルドールが、静かに声を発する。

「……私と共に夜を過ごすというのが、どういうことかわかっているのか？」

真面目《まじめ》な口調で問われ、沙羅は逡巡《しゅんじゅん》した。

己で口にした願いだ。もちろん、その意味はわかっている。

覚悟がないわけではない。

だがこのまま彼を受け入れれば、きっともう後戻りはできないだろう。

肌を重ねれば、きっとますます彼のことを好きになってしまう。そうなれば、彼を騙《だま》しているという良心の呵責《かしゃく》にますます耐えきれなくなるかもしれない。

だけど——だけど少しの間、ヴァルドールの妻でいられるのなら。彼の好意に応《こた》えることが許されるなら。

「わかっています。わたしを、あなたの本当の妻にしてください……」

せめてひとときだけでも、幸せな夢に浸りたかった。

◆

性急に上衣を脱いでベッドの下に落としたヴァルドールは、沙羅の着ていたネグリジェを大胆にはだけさせる。

胸の膨らみが半分ほどあらわになったのを、欲望の滲む赤い瞳でじっと見つめた彼は、そのまま沙羅の唇をキスで塞《ふさ》いだ。

初めは、小鳥が啄《ついば》むような軽い触れ合い。やがて徐々に深く、深く、濃厚さを増していく。

「は……ん、ん……、んぅ」

甘いキスの快感は脳髄から腰へと駆け抜け、骨ごと溶かしてしまいそうだ。

全身を巡る血液が蜂蜜《はちみつ》になったかのような錯覚を覚えながら、沙羅は懸命にヴァルドールのキスを受け止める。初めて彼にされたキスが遊びの様に思える程、濃厚なそれだった。

呼吸の暇も与えてくれず、苦しさと悦楽の狭間《はざま》で揉《も》まれ続けている間に、徐々にじん……と身体の芯《しん》が痺《しび》れ始めた。

「ん、あ……ヴァルドール……？　わたし、変……」

これまで覚えたことのない感覚に本能的な恐怖を覚えながら、そのことをヴァルドールに訴えれば、彼は沙羅の唇を指先で撫でながら、安心させるように微笑む。

「ああ、心配いらない。妙な気分になってきたのだとすれば、それは私の唾液《だえき》のせいだ」

「唾液……って、どういう意味ですか……？」

「ガルディア王族は代々、催淫《さいいん》効果のある体液を持って生まれてくる。――いわゆる媚薬《びやく》と同じだ」

だとすれば、こうやってキスをしていたことで、沙羅は知らず知らずの内に媚薬を摂取していたということになる。

彼の体液がどの程度の効果をもたらすのかはわからないが、そういうことはキスをする前に言っておいてほしかった。

「そ、そんなの聞いてないです……」

動揺しながら訴えると、ヴァルドールは苦笑しながら目を細める。

「すまない。だが、初めてのそなたにとってはきっと、そのほうがいい。辛《つら》い思いをするよりは――」

辛い思いいって？

そう問いかけた沙羅は、彼のある部分が膨らんでいるのを見て、思わず頬を染める。

男性のものなどこれまで目にしたこともないからよくわからないが、きっと、彼の体軀に見合った大きさなのだろう。ただでさえ体格差が大きいだけに、小柄な沙羅が受け止めるには、かなりの困難を極めそうだ。

「そなたを傷つけたくないのだ。苦痛ではなく、快楽を覚えてほしい」

「ヴァルドール……」

「サラ、舌を出してくれ。もっと深く、そなたを味わいたい」

まっすぐな言葉に胸が震えるのはきっと、向けられたまなざしがあまりにも愛《いと》おしげで切なそうだったからだ。

言われるがままに、沙羅はおずおずと舌を差し出す。

すぐさま搦《から》め捕られ、美味そうな音を立てながら舐《な》めしゃぶられた。

沙羅の唾液とヴァルドールのそれが入り交じり、自然と嚥下《えんか》するために喉《のど》が鳴る。

「ん、ん……」

口内のものを幾度か飲み下すと、そのたびに身体の中がかっかと熱を持った。

酒を飲んだ経験はほとんどないけれど、まるで正月に少しだけお屠蘇《とそ》を飲んだ時のような心地だ。

頭がぼんやりとして、ふわふわと気持ちよくなる。

これが、媚薬の効果？

だとすれば、何て甘美な陶酔をもたらすのだろう。

無意識にヴァルドールの背中に手を回して、沙羅はぎゅっとしがみつき、その大きな波に押し流されそうになるのを必死で堪《こら》えた。

ヴァルドールはそんな沙羅の様子にすぐ気づき、微《かす》かに笑う。

「口づけだけでそんなに蕩《とろ》けていては、この先が思いやられるな」

「あん……」

笑いながら、彼は沙羅の身体にキスを落とした。

唇の触れた場所が熱く、しっとりと濡《ぬ》れるような感触を伝えてくる。

はだけた胸元にヴァルドールの口づけを受けながら、沙羅は悩ましげに眉根《まゆね》を寄せ、その身をくねらせた。

彼の唇が触れるたび、肌にぽっぽっと熱が灯《とも》っていくかのようだ。

象牙《ぞうげ》色の肌にはいくつもの赤い痕《あと》が、ヴァルドールの所有の証《あかし》としてちりばめられていく。

「そなたの肌は、甘いな……」

ぬる、とむき出しの肌に舌を這《は》わせながら、ヴァルドールが感嘆したような声を零《こぼ》す。

薄明かりの下、男の目にあられもない姿をさらしていることが恥ずかしくて――でも、もっと触れてほしくて、相反するふたつの気持ちを持て余すことしかできない。

首筋に、鎖骨に、情欲の花を散らしながら、彼の唇は沙羅の胸を目がけて降りていく。

「ん、あ……」

胸の際にキスを受け、沙羅はくすぐったさともどかしさに身体を捩った。

咄嗟に胸を手で覆ったが、きっと見られてしまっただろう。

「サラ、隠さずに見せてくれ」

「だめ……、恥ずかしい……」

「恥じらう姿もそそられるが、隠していては何もできない」

「あ……」

「何も心配いらない、そなたはとても綺麗だ」

ヴァルドールの手が、沙羅の両手首をまとめて枕の上に押さえつける。

白い膨らみも、淡く色づいた先端も、隠すもののなくなった胸が余すところなく男の目の前にさらけ出された。

欲情を孕《はら》んだヴァルドールの視線に耐えきれず、沙羅は顔を逸《そ》らしながらきつく目を瞑る。

そうすれば、少しは羞恥が薄れるだろうと思ったからだ。

それなのに、そんな沙羅を前にしても、ヴァルドールは少しも遠慮することはなかった。

「っ、あ！」

突然胸の先端をかぷりと食《は》まれ、閉じたばかりの両目を驚愕《きょうがく》に開く。

胸の先がヴァルドールの口の中に消え、もう一方の胸も掌に収められていた。

恥ずかしい、と思った瞬間、彼の舌が胸の先端を押しつぶし、思考を白く濁らせる。

「は……、や、ぁ……」

胸の尖《とが》りは、木の実のように小さい。なのに、そこから伝わる刺激はさざ波のように広がり、甘い毒のように沙羅の全身を侵していく。

囚《とら》われてしまう。

この甘い刺激に。

それをもたらすヴァルドールという存在に。

「あん……、あ……、はぁ……っ」

「……硬くなってきた」

いったん胸の尖りを解放すると、ヴァルドールはその場所を指先でつ……と撫で上げる。

触れるか、触れないかという絶妙なタッチ。繊細な指先の動きに小さな尖りを震わせられ、共に声まで震えてしまう。

「あぁぁ……ッ」

「この程度でも感じるのか……。我が妃《きさき》は敏感だな」

嬉しそうに呟いたヴァルドールは、再び胸を口に含む。

先端が、ぬるり、と彼の唇の中に消えていく様を、沙羅はただ見送ることしかできない。

ぬらぬらと濡れた舌が、先端をなぞる。

くるくると円を描くように、べったりと粘着質に。そして、尖らせた舌先で、転がすようにつつく。

どんな触れ方をされても、沙羅の身体は面白いほどに快楽を拾った。それはきっと、触れている相手がヴァルドールだからに他ならないだろう。

「舐められるのは、好きか？」

上目遣いに問いかけられ、沙羅は口ごもった。

「そんな……」

そんな質問に、答えられるわけがない。

もちろん嫌いではない。だが、好きと答えたら、自分がいやらしい娘だというのを認めたような気分になってしまう。

困り果てて押し黙る沙羅を、ヴァルドールは責めなかった。むしろ楽しげに見やると、唇の端を不敵につり上げる。

そして、己の衣服の胸元をはだけると、逞《たくま》しい胸板をあらわにしながら改めて沙羅にのし掛かった。

白く引き締まった身体には、薄《うっす》らと赤い紋様が浮き出ている――。

「その理性を崩すのが楽しみだ」

「あ、待って……」

ヴァルドールの表情に何か嫌な予感がし、沙羅は慌てて彼の胸を押し返そうとする。だが、それはただ彼の胸に触れたという事実のみを残し、他に何の意味もなさなかった。

「自ら触れてくるとは、大胆だな」

「ち、ちが……っ」

慌てて手を引っ込める間にも、ヴァルドールは淡く色づいた胸の中央にむしゃぶりつき、舌を絡ませながら吸い上げる。

「っ――！」

あまりに鮮烈な刺激に、まともに声すら出なかった。身体の中心を電流が駆け抜けていくような錯覚に陥り、びくんと背がシーツから浮く。

「は……っ、あ……っ、ぅく……！」

胸をかきむしりたいほどの愉悦が、胸を浸していく。蜂蜜のような甘い官能の泉に溺《おぼ》れかけ、まともに息ができない。

「や……、ぁ……あぁ……っ」

「……どうした、サラ。胸だけでいきそうなのか？」

戯れるように胸の先端をしゃぶりながら、ヴァルドールが問いかけた。

沙羅も高校生だ。クラスメイトから、初体験の話を聞いたこともある。

だから『いく』という単語はもちろん知っていたけれど、それを自分の身で体験するかもしれないなんて、まだ想像すらしていなかった。

びくびくと身体を震わせ、何とか浅い呼吸を繰り返しながら、沙羅は涙の滲む瞳で彼を見下ろす。

「こ、これは……ヴァルドールの唾液のせい、で」

「言っておくが、血液を飲んだならともかく、唾液にはさほど強い催淫作用はないぞ」

言いながら、ヴァルドールは再び沙羅の胸を力強く吸う。

血が滲むかと思うほどの圧力に、痛みと紙一重の快楽が沙羅を襲った。

「そんな、……あっ、吸わないで……、吸っちゃやだ……」

「それは無理な話だ。それにこの程度で音を上げていては、とても最後まではできぬぞ」

「んっ、あぁぁ……っ」

きゅう、と、口内で圧力をかけながら、先端を締め付けるように吸われる。

それだけでなく、もういっぽうの胸まで弄《いじ》られては堪《たま》らない。親指と人差し指で挟むようにして赤い尖りを揉まれ、時に爪を立てて優しく擦《こす》られた。

丁寧だけれど執拗《しつよう》に嬲《なぶ》られ、沙羅はシーツに爪を立てて何とかこの場をやり過ごそうとする。

「あ、はぁ……、ふぅ、ふあ……ぁ」

だが、種類の違う悦楽を同時に与えられ、初めての沙羅がどれほど抵抗できただろう。

自分のものとはとても思えない甘ったるい声を上げながら、頭の中で何かが弾《はじ》けそうになる予兆に、その身を震わせることしかできない。

これで最後までなんて、本当に耐えられるのだろうか。強烈な感覚と羞恥を前に、もう既に意識が朦朧《もうろう》としそうなのに。

だが、こんなものはまだまだ序の口でしかなかった。

胸から離れたヴァルドールの顔が、そのまま沙羅のみぞおちや下腹部を唇でなぞりながら、どんどん下へと移動し始めたのだ。

「あっ……、あ……？　いや、やだ、ヴァルドール……っ」

彼の唇がどこを目指しているのかを何となく察し、沙羅は懸命に首を横に振る。しかしそんなささやかな抵抗も虚しく、彼は沙羅の下着の紐《ひも》に歯を立てると、そのままゆっくりと引っ張った。

腰の辺りに彼の呼気を感じ、紐が触れる感触にさえ肌が淡い疼《うず》きを訴える。

しゅる、と微かな音が上がり、それと同時に腰回りにスースーとした外気と、解放感を覚えた。

赤い瞳が、沙羅の足の間を見下ろしている。

刺すような強い視線に、肌がちりちりと焦がされてしまいそう。

――見られた。

彼に身体を預けようと決意はしたものの、それでも羞恥がなくなるわけではない。みるみるうちに顔に血の気が上り、耳まで熱くなる。

彼が下着をベッドの下に落とす小さな音にさえ更なる恥ずかしさを感じながら、沙羅はできるだけ彼の目から逃れようと身体を捩った。

それなのに、彼は容赦がなかった。

軽く立てられていた沙羅の両膝に手をかけると、そのまま左右に割り開いたのだ。

「――――ッ、いや……！」

あまりのことに泣きそうになりながら、沙羅は何とか足を閉じようとする。

だが、膝に置かれたヴァルドールの手が、それを阻んだ。

「足を閉じたら何もできない」

「そ、それは……でも」

「でも、は聞かぬ」

きっぱりとそう言い切ったヴァルドールが、沙羅の足の間に顔を埋《うず》めたのはその直後だった。

内腿《うちもも》を、さらさらとした銀色の髪が撫でた。それにくすぐったさを覚える間もなく、より強い刺激が沙羅を襲う。

「や……っ！」

ぬと、と、柔らかく濡れたものが秘部をなぞったのだ。

「ひぁっ……！」

身体を戦慄《わなな》かせながら、沙羅は両腕で己の痩軀《そうく》を強く抱きしめる。そうでもしなければ、身の内で何かが爆発しそうになるのを堪えきれそうになかった。

「やだ……やぁ……っ」

ぴちゃり、と音を立てながら舐められるたび、沙羅の喉からは鈴の転がるような声が零れる。

胸と声帯が締め付けられる感覚に、まともに言葉を発することもできない。

「ここにも丹念に唾液を染みこませておかないと、後でそなたに辛い思いをさせてしまう」

「あ……っ、あぁ……っ」

ヴァルドールの舌が。

この国で最も貴き男性の唇が、触れている。

沙羅の蜜を舌先で掬《すく》い取り、己の唾液と混じり合わせて蜜口に擦りつけている。

その背徳感に、沙羅の中に眠っていた何かの感情が刺激され、ざわざわと蠢《うごめ》き始めた。

独占欲と、支配欲と、愛欲。そしてほんの少しの、被虐的欲求。

ヴァルドールを自分だけのものにしたい。もっと触れて、もっといじめ抜いてほしい。

そんなあらゆる欲望が複雑に入り混じり、沙羅を内側から変えていく。

唾液の催淫効果が出てきたのは、すぐのことだった。じわじわと肌が熱を持ち、より敏感に彼の舌の感触を拾うようになる。

「あ、あぁっ……、あぁぁん……ッ」

「……溢《あふ》れてきた」

そう言いながら、ヴァルドールは濡れ具合を確かめるように指を蜜口へ押し当て、ゆっくりと中へ入れる。

渇いた指が潤んだ肉壁を割り開いていく感触に、沙羅は顔を軽く顰《ひそ》めた。

痛くはないが、初めてそこに異物を受け入れる強い違和感があった。

何度か指を抜き差しし、軽く解《ほぐ》したヴァルドールは、次に二本まとめて指を入れる。そして、いまだ違和感の拭《ぬぐ》えない沙羅の中を丁寧な動きで開拓し始めた。

さすがに少し引きつるような感触を覚えたが、それでも彼の唾液を塗りつけられていたおかげか、痛みはない。

舌で舐められていた時に比べればただ違和感ばかりが強く、こんなものが気持ちよくなるのだろうか……とぼんやりそんなことを思う。

しかし、初めのほうこそそう思っていた沙羅だったが、ずっと擦られている内に、徐々に変化が現れてきた。

ただ違和感を訴えるだけだった肉壁が、薄らとではあるが快楽を拾い始めたのだ。

零れそうになる声を堪えるため、両手で口を塞ぐ。

だが、色づいた呼吸までをも止めることはできなかった。

「……っ、ん……」

ぴく、ぴくと足が小さく痙攣《けいれん》する。

もちろん、それをヴァルドールが見逃すはずもない。彼は沙羅の中に埋めた指をぐっと折り曲げると、膣壁《ちつへき》を強く擦り始めた。

「や……や……！」

「この辺りは、感じるか？」

「そんな、わからな……」

涙目で首を振ったが、彼はその答えに満足してくれなかった。

「では、そなたが気持ちいいと言うまで責めねばならぬな」

「あ、ふ、ぅ、うぁ……」

強者を前にした本能的な恐怖に、思わず上にずり上がって逃げそうになるが、ヴァルドールがすぐさま足首を摑んで引き戻す。

爛々《らんらん》と輝く赤い瞳には、いかなる容赦も感じられなかった。

内側から肉壁を押し上げられ、硬い指先で叩かれる。やがて親指が花芯に添えられた。

優しく押されているだけ。それなのに、そこから得られる快楽は膨大だった。

「あ！　あっ……！」

押しつぶされ、同時に中の弱い部分も擦られ、下腹部に熱が溜《た》まっていく。

熱はそのまま体内にとどまりきることができず、蜜となって外に溢れ出した。

ぐち、ぐちと、ヴァルドールが指を動かすたび、淫《みだ》らな音はより大きくなっていく。彼がそれに気づいていないはずがないと思うと、余計に羞恥を煽《あお》られた。

「あぁっ、ん、ン、ふぅ……っ」

「肌が赤く染まって……いやらしいな」

空いたほうの手で沙羅の太腿を撫でながら、嬉しそうにヴァルドールが呟く。

彼ばかりが余裕で自分はいっぱいいっぱいなのが恥ずかしくて、悔しくて、沙羅は顔を真っ赤に染めながら抗議の声を上げた。

「そんなこと言わないで……っ」

「なぜだ？　褒《ほ》めているつもりだぞ。いくらでも乱れて、いやらしくなってくれればいい。ただし、私の前でだけだ。……こうして」

ぐり、とヴァルドールの親指が円を描くように動いた。

「あぁぁ……ッ！」

「――より強い快楽を与えれば、私に夢中になってくれるだろう？」

「あんっ、んぅっ、ふぅぅぅ……ッ」

むき出しになった赤い真珠を、ヴァルドールがくりくりと捏《こ》ねる。もはや、手で唇を塞いでも声を堪えることができないほどに、猛烈な愉悦の波が沙羅を襲った。

あらがえない。遠い場所へ、押し流されてしまう。そうなればきっと、戻ってはこられない。

「やだ、こ、こわい……、ヴァルドール……」

「大丈夫だ、サラ。私がいる」

「あっ、あぁぅ…！」

まるで全身の神経が、この小さな器官に集約しているかのよう。ぎゅっと、指の腹で膨らみを強く押しつぶされ、頭の中で幾度も幾度も、フラッシュが瞬く。

「いや、あ、ひぁ……っ、あン……っ」

「こちらも硬くなってきた。真っ赤に染まって、美味そうだ」

「や――――……っ！」

それは、あまりに唐突に訪れた。

どっと押し寄せた荒波は沙羅の身体だけでなく意識さえ、根こそぎ連れ去ってしまう。

目の前にはいくつもの白い泡が現れ、ぱちぱちと音を立てながら弾けては消え、弾けては消えていった。

心臓が血液を送り出す音が、殊更に大きく聞こえる。

はっ、はっと荒い息を吐きながら、沙羅は勝手に痙攣する身体を止めることができなかった。唇からは「あ、あ……」と意味のない言葉が朧《おぼろ》に零れるばかりで、指先さえ動かせないほどに身体が弛緩《しかん》している。

そんな沙羅の耳に、ごそごそと布が擦れる音が聞こえてきた。

視線だけを下ろせば、ヴァルドールが己の下衣をくつろげ、その中から欲望の証を取り出しているところだった。

見てはいけないものを見てしまった。そんな気分であるのに、もはや顔を逸らす余力すら残っていない。

屹立《きつりつ》したヴァルドールの雄は、天を突かんばかりに反り返っており、先端の割れ目から透明の液体を流していた。

彼のものが、まるで意思を持っているかのようにぴくぴくと動くたび、その液体は涙のように滴ってシーツを濡らす。

赤黒い肉の杭《くい》は、普段の美しいヴァルドールの姿からはとても想像できないほどに生々しく、だからこそより沙羅の目に印象的に刻まれた。

「サラ」

辛そうに眉間《みけん》に皺《しわ》を寄せ、荒い息を吐きながら、ヴァルドールがのし掛かってくる。

まるで大事な宝物を扱うような手つきで沙羅の頬を撫でながら、彼は己の先端を蜜口へ押し当てた。

先走りと沙羅の蜜とが混じり合い、ぬち……と露骨な音を立てる。

限界だ、とかすれたような声で告げられたと思った瞬間、指とは比べものにならない質量のものが、ずず……と中へ入ってくるのを感じた。

先ほどまで、彼の唾液を塗りつけられていたせいだろうか。聞いていたほどの痛みはなく、鈍い疼痛《とうつう》だけを覚えた。

それよりも、灼熱《しゃくねつ》の楔《くさび》で敏感な粘膜を押し広げられる感触に、火傷《やけど》してしまいそうだ、と感じてしまう。

「っん、う……」

「サラ、痛くはないか？　できるだけゆっくりするが……、もし途中で私の自制心が利かなくなったら、背を引っ掻《か》いてでも止めてくれ」

見上げれば、切なげに細められたヴァルドールの赤い瞳が沙羅を見つめていた。

愛おしい、と視線だけで訴えられている気分になり、胸の中がくすぐったくなってしまう。

それだけでもう、何でも我慢できるような気がした。

「痛くても大丈夫……。早く、ヴァルドールのものにしてください」

「っ、私の小悪魔は、煽るのが本当に上手だ――」

ぎり、と奥歯を食いしばる音が聞こえた。それと同時に、熱杭が隘路《あいろ》をどんどん突き進んでくる。

固く閉ざされていた女の園は、ヴァルドールという侵入者を前にわずかな抵抗を見せつつも、徐々に陥落の気配を見せていく。

ぎしぎしと身体が軋《きし》みそうなほどの圧迫感。引きつるような痛み。そして――。

「あ……」

ふつん、と何かが切れたような感触と共に、太腿を伝う生ぬるい感触を覚えた。とうとう、破瓜《はか》したのだ。

「ヴァル、ドール……」

「ああ、サラ。これでそなたは私のものだ」

嬉しそうに呟きながら、ヴァルドールが沙羅の頬に、額に、口づけを落とす。彼があまりにもはしゃぐものだからつられておかしくなってしまい、沙羅は微笑みながらそれを受け止めた。

やがてヴァルドールの唇は沙羅のそれを塞ぎ、ちゅっちゅっと音を立てながら啄《ついば》み始める。それだけでは足りなくなり、途中からふたりで舌を絡め合い、貪《むさぼ》るようなキスを交わした。

やがてゆるゆると、彼が腰を動かし始める。

「ん、ふ……んん……」

唇を塞がれたまま、沙羅は自然と彼の胸に手を添えた。

張りのある肌には今や血色の紋様がくっきりと浮かび上がっており、彼の白い身体を彩っている。

それを愛おしむように指でなぞれば、ヴァルドールがぴくりと反応し、沙羅の手を掴んでシーツの上に縫い止める。

「……初めてのくせにそんな大胆なことをするとは、悪い子だ。仕置きが必要だな」

その言葉の直後、ずん、と脳天まで突き抜けるような重い衝撃が沙羅の下腹部を襲った。

ヴァルドールが強く腰を突き出し、沙羅の奥を抉《えぐ》ったのだ。

「んん……っ！」

「痛みもないようだし、早く私の味を覚えてもらわねばな」

ずん、ずん、と、ヴァルドールが力強い律動を繰り返す。それは決して速いスピードではなかったが、だからこそ彼が自分の中を行き来しているのをダイレクトに感じられて、堪らない。

「あっ、あっ、あぁ……っ」

初めはただ圧迫感だけだったのが、出し入れをされている内に、じくじくと熱を持ち始め、それが甘い疼痛《とうつう》へと変わっていく。

初体験はあまり気持ちよくなかった、とクラスメイトは言っていたのだが、これは一体どうしたことだろうか。

「や、やだ、変、変なの……」

首を横に振りながら訴えれば、ヴァルドールは目を細めて妖しく笑う。

「その感覚は『気持ちいい』と言うのだぞ、サラ。言ったろう、私の体液はそなたにとって媚薬になると。二番目に強いのが血液、そして一番強いのは——わかるな？」

「あ……」

ヴァルドールの言いたいことを察し、沙羅はかぁっと頬を染めた。

彼の性器から分泌される体液こそが、沙羅にとっては最も強い媚薬となるのだとすれば——この状況は、粘膜から絶え間なく媚薬を吸収しているということになる。

だが、今更気づいてももう遅かった。

一定の速度で腰を打ち付けられ、沙羅の中で何かが膨れ上がっていく。先ほど、陰核を弄られて達した時と同じ感覚だ。

これが彼の言うお仕置きだとしたら、何て甘く、耐えがたい拷問なのだろう。

「んっ、あっ……、あ……」

「そなたはこの辺りがより、感じるようだな」

円を描くように腰を動かしながら、ヴァルドールが沙羅の好《い》い場所を探し当てた。そこを集中的に擦られれば、決して激しい動きではないにもかかわらず、蜜がたくさん溢れてくる。

ぐちゅん、ぐちゅんと蜜をかき混ぜる音は耳すらも犯し、沙羅の羞恥をより高めていった。

「あ、あん……。だめ、やだ、だめ……ぇっ」

しつこく一点を責められ、頭が痺れてしまいそうだ。

抗議の言葉を口にしたが、ヴァルドールは困ったように笑うだけだった。

「無茶を言うな。お預けのさせられすぎで、私を殺すつもりか？　本当に、そなたは小悪魔だな……っ」

「んあぁっ、あ……っ！　や、おかしくなる、おかしくなっちゃう……っ」

「言ったろう、サラ。それは気持ちいいと言うのだ」

反射的にふるふると首を振り、沙羅は彼の言葉を否定した。恥ずかしくて、とてもではないがそんなこと口にできない。

「気持ちよくないか？」

下腹を指先でつ、と撫でられると、中がますます狭まってヴァルドールを締め付ける。

蠕動《ぜんどう》する肉壁が、ヴァルドールを奥へ奥へと誘《いざな》っているのが、自分でもわかった。

結局、口では嫌だと言いながらも、身体は歓喜の波に打ち震えながら彼のことを歓迎しているのだ。

「ほら、言ってみろサラ。認めてしまえば楽になる」

「——っ」

妖しげな赤い瞳が、誘うように揺らめく。その魔力に逆らえる者は、果たしているのだろうか。

「サラ」

「……気持ちいい、です……」

とうとう観念して、真っ赤になりながら答えれば、ヴァルドールが嬉しそうな笑みを浮かべる。

「そうか。ならばもっともっと、私で気持ちよくなってくれ」

とろけるような表情は本当に心の底から喜んでいるようで、こんな顔をしてくれるのならもっと早く口にすればよかったと、意地を張っていたことが馬鹿らしくなってしまう。

「あ……、あぁん……」

歌うような甘い声は、自分でも信じられないほどに淫らで、媚《こ》びるような響きを帯びている。

時折ヴァルドールが唇を塞いでも、声まで封じ込めることはできず、沙羅は喉の奥で喘《あえ》ぎ続けた。

不思議なことに、気持ちいいと口にした途端、その言葉はすっと沙羅の中になじみ、より多くの快楽を拾うようになった。

全身の、どこに触れられても気持ちいい。

でもそれはきっと、触れている相手がヴァルドールだからだ。

「素晴らしいな、サラ。私にぴったりと吸い付いて……」

恍惚《こうこつ》として呟きながら、彼はずちゅ、ぐちゅ、と熱杭で愛液をかき混ぜる。

硬い欲望で肉壁を擦り立てられながら、沙羅は幾度も喉をのけぞらせた。

「はぁ、ぁ、んぁぁ……、きもちい、ヴァルドール、気持ちいい……」

抵抗していたのが嘘のように、はしたなくその言葉ばかりを繰り返しながら、身体をくねらせる。

ヴァルドールは、そんな淫らな沙羅の様子にひどくご満悦の様子だった。

「ああ、サラ……。好《よ》すぎて、もう出てしまいそうだ……。そろそろ、激しくしてもいいか？」

かすれた声が耳に心地よい。

深く考えずに頷いた瞬間、ヴァルドールが細腰を捕まえ、律動の速度を速め始めた。

「あっ！　あ！　あぁ――――……っ！」

腰に回してもまだ余裕があるほど大きな手にがっちりと拘束され、どうあっても逃げられない。

ぱん、ぱんっ、とリズミカルな音を立てながら、ヴァルドールが沙羅の中を征服せんと、激しく腰を動かす。

「はぁっ、んぁンっ、あぁ……ッ」

「サラ、サラ……っ、好きだ……っ、可愛い、私のサラ……！」

目もくらむような快楽。

荒い呼吸。

ヴァルドールの熱。

そして歓喜。

色々なものが入り乱れて、沙羅をもみくちゃにする。強い官能が押し寄せてくる――。

やがて腹の中で、熱が弾けるのがわかった。

「く、……」

ヴァルドールの身体がぶるりと震え、それと同時に下腹部に温かなものが広がっていく。

幾度か己のものを前後させたヴァルドールは、沙羅の中から一気に引き抜いた。

ずる、と抜けていく感触にさえ感じてしまい、遅れて、途方もない疲労感に襲われる。

ヴァルドールの背に回していた腕はシーツの上にぽとりと落ち、荒い息をついている内に強烈な眠気が迫ってきた。

「サラ」

ヴァルドールがそれに気づき、声をかけてくれたが、もう我慢できなかった。

重い瞼《まぶた》を開けることすらできず、沙羅はとろとろとした眠気に身を預けることにした。

「よく頑張ったな。おやすみ、サラ……」

まどろみの中で、ヴァルドールの柔らかな声音を聞きながら、沙羅は急速に夢の世界に落ちていったのだった。

◆

恋をすると、世界が色づいて見えるというのはこのことか。

サラを初めて抱いた翌朝、ヴァルドールの世界は鮮やかに光り輝いていた。まるで別世界。天国に足を踏み入れた気分だ。

腕の中では愛しい妃が、すやすやと安らかな寝息を立てて眠っている。

今、無性に、サラを抱きしめたい。

ぎゅっと抱きしめてもいいだろうか。いや、だがそうすればサラが起きてしまうかもしれぬ。

でも、でも……。

疲れているところを起こしてしまっては可哀想《かわいそう》だという思いと、腕の中に彼女がいる幸せを噛《か》みしめたいという思いの間でヴァルドールは揺れ動く。

サラ。

かわいいサラ。我が天使。

そなたはどうして、こんなにも我が心を翻弄《ほんろう》するのだ……。

ミルク色の肌。薔薇の雫《しずく》を落としたかのごとき、ほんのりと赤くまろやかな頬。

小さなさくらんぼ色の唇に、長く伸びた黒髪。

冬の夜空のごとく澄んだ瞳を初めて見た瞬間から、心は彼女に囚われている。

サラのことを思うだけで胸が熱くなり、ほうと桃色の吐息が零れてしまう。

昨夜のサラは、本当に可愛らしかった。

従順で、健気で、それでいて淫らで――。

目を潤ませ、「ヴァルドール」と自分を呼びしがみついてくる彼女を抱きながら、何度理性が飛びそうになったことか。

サラが以前自身で口にしていたとおり、彼女は初めてだったのに、十分に労《いたわ》ることができなかったのが悔やまれる。

疑っていたわけではないが、性に比較的奔放な魔族の中で育ったヴァルドールにとって、サラの年齢まで処女であるということは奇跡にも等しいことだった。

初めてを己に捧げてくれたという事実が、ヴァルドールの中にあるサラへの愛情をますます深めてゆく。

彼女に触れるたびに、サラという名の底なし沼にずぶずぶと沈んでいくかのような錯覚に陥った。

ちょん、と頬をつつくと、ふんわりと柔らかに沈み込み、ほどよい弾力に押し返される。

サラの肌はマシュマロのようだ。柔らかくて、ふわふわしていて、甘い。

「ん……」

そうしている内にサラが身じろぎをし、ヴァルドールは慌てた。

しまった、触りすぎたか？

何もできずあわあわと動揺していると、黒く長い睫毛《まつげ》が微かに震え、その向こうから、黒い瞳が現れる。

ヴァルドールの大好きな、きらきらと星を宿したようなつぶらな瞳だ。

「ゔぁる、どーる？」

起きたばかりで自分の置かれた状況が今ひとつわかっていないのか、サラはぱちぱちと瞬き《まばた》を繰り返しながら、舌っ足らずな声でヴァルドールを呼んだ。

うおぉぉぉぉぉぉお‼

感極まるあまり、心の中で妙な叫び声を上げてしまう。

可愛い、可愛すぎる！　けしからんもっとやれ‼

はぁはぁと息が荒くなってしまいそうになるのを何とか堪えながら、ヴァルドールはきりりと表情を引き締める。

初夜の翌朝に締まりのない顔をしていれば、サラに変態だと思われるかもしれない。

しかしサラならば、私のことを「この変態」と罵《ののし》ってくれても構わぬ。

新たな扉を開きかけたヴァルドールだったが、幸いにしてそれより速く、サラの目が完全に覚めた。

あっ、と小さな声を上げたかと思えば、掛け布で顔を隠しながらもぞもぞと縮こまる。

そして目から上だけを覗かせ、蚊の鳴くような声で言った。

「おはようございます……」

「お、おは、おはようサラ。今日はよい朝だな」

何だこの甘酸っぱさは。こちらのほうまで恥ずかしくなってくるではないか。

ええい、しっかりしろヴァルドール！　百歳やそこらの若造ではあるまい！

どぎまぎして声が思わず裏返ってしまったことを恥じつつ、ヴァルドールは己を叱咤《しった》した。

そしてこほんと咳払《せきばら》いをし、掛け布の上からサラの肩に触れる。

「身体は大丈夫か？　昨日は自制が利かず、そなたに無理をさせてしまってすまなかった」

「あ……。だ、大丈夫です。ヴァルドールは優しかったですから……。でもわたしこそ、その
……多分下手だったんじゃないかと……」

「サラはそのようなことは気にしなくてよいのだ」

むしろそのたどたどしさがいいのだと、力強く主張させてほしい。

彼女が早くこの行為に慣れるように導くのは、ヴァルドールの仕事である。サラが心配する必要はどこにもない。

「そんなことより、今日はふたりでゆっくり過ごすことにしよう。何かやりたいことはないか」

「でも、お仕事——えっと、政務は？」

「今日は休みだ。愛する妻と初めての夜を迎えた翌朝に、妻を気遣わずどうする？」

悪戯っぽく笑ってみせると、そこでようやく緊張の糸が解れたように、サラが口元に笑みを浮かべる。

花が綻《ほころ》ぶような笑みは、ちょうど昨日彼女に贈った新種の花『サラ』と同じく、可憐《かれん》で愛らしい。

気づけば、ヴァルドールはサラに口づけをしていた。

彼女が目を閉じる間にも、口づけは性急に深さを増していく。

「は……ん、んぅ……」

「サラ……」

唇を離した際のわずかな隙間から名を呼ぶと、サラが悩ましげに視線を揺らす。

とろとろと情欲を炙《あぶ》るような炎に、頭の芯まで蜂蜜のように蕩かされそうだ。

「ん……ん……」

もっと味わいたい、と無意識に舌を伸ばしかけたその時だった。

部屋の外から扉を叩く音と共に、ミリアナの声が聞こえてきたのは。

「陛下、サラさま。こちらにおいでですか？　朝食の準備が整っておりますよ」

突然この場に割って入った第三者の声に、先に反応したのはサラのほうだった。彼女はびくりと震えると、驚くべき素早さでヴァルドールの腕の中から転がり出た。

「い、い、います！　すぐに行きます！」

動揺のせいか、声が妙に裏返っている。

やれやれ、せっかく妻を可愛がっていたのに、いいところで邪魔が入ってしまった。

肩をすくめたヴァルドールは、苦笑しながらサラの耳元で囁く。

「顔が真っ赤だから、しばらくしてから出て行ったほうがよい。続きは、また夜にな……」

「！」

ヴァルドールの言葉に、サラの顔がますます赤みを増したのは言うまでもなかった。

五話　そんなことまで!?　恥ずかしすぎですっ！

それからヴァルドールは毎晩のように、沙羅を求めた。

初めのほうこそ経験の少ない沙羅を気遣ってくれていたものの、行為の激しさは日に日に増していくばかりだ。日中夜問わず挑みかかるヴァルドールの体力と性欲は底なしで、一般女性として並程度の体力しかない沙羅には少々辛い。

それでも彼の求めに応じてしまうのは、沙羅自身も彼を求める気持ちが強かったからだ。

——その日の晩も、沙羅はヴァルドールに抱かれていた。

ぎっ、ぎっと、壊れそうなほどにベッドが軋む。

大きく開かされた足の間に、沙羅はヴァルドールを受け入れていた。

もはや彼の理性は、ほとんど残っていないらしい。ぎらぎらと光る赤い瞳が、それを証明していた。

「んっ、ふあ、んんぅ……！」

唇を塞がれたまま、乱暴とも言える律動に身体の内部を蹂躙《じゅうりん》され、沙羅は身体をピンク色に染めながら喉の奥で喘ぐ。

「は、サラ……サラ……。好きだ。そなたが愛おしい……」

唇を離すたび紡がれる愛の言葉に、中がきゅっと締まってヴァルドールを締め付けるのがわかる。

それはもちろん、彼にも伝わっているはずだ。

幾度も幾度も好きだと告げながら、ヴァルドールは腰が砕けそうなほどに激しく叩きつける。

「やだ、やだぁぁ……っ、強くしないで……っ、こわ、こわれちゃう……っ」

「大丈夫、ただ蕩けるだけだ。私が、大事なそなたを壊すはずがなかろう」

「や、あん、あぁぁっ、ふぅ、あ……、あぁーッ！」

自らが口にしたとおり壊れたように喘ぎながら、沙羅は心臓をかきむしりたい衝動に襲われる。

こんな強い感覚に、耐えられるはずがない。頭の中を直《じか》にかき回され、ぐちゃぐちゃにされているようだ。

男女の情交が、こんなに激しいものだなんて知らなかった。

自分という存在を、根こそぎ書き換えられてしまいそうに思えるものだなんて。

こんなものを知ったら、もう二度と元の自分には戻れない。

「あ、だめっ、だめぇっ、お、奥……っ」

「初めて抱いた晩からまだ一週間しか経たぬのに、もう奥で感じているのか？　我が妃は覚えが早くて喜ばしいことだ」

「あ……んあぁッ」

ヴァルドールにしがみつきながら、沙羅は幾度も背をのけぞらせる。

肌と肌が触れ合う場所は、どこもかしこも熱くて、甘くて——。

「サラの中は、狭くて気持ちがいいな」

「あぅ、あ、んんぅ……っ」

「そなたも、気持ちいいだろう？」

「は、ぁ……あぁ……っ？　ッ——!!」

急に両の乳首に爪《つめ》を立てて抓《つね》られ、沙羅は声なき悲鳴を上げながら上り詰める。

全身の毛穴が開き、そこからぶわりと汗が吹き出した。

何もない場所を全力疾走で駆け抜けたかのような途方もない疲労感がどっと身を襲い、遅れたように鼓動が激しく鳴り響き始めた。

白い世界に放り出され、呼吸すら忘れる。そこから戻ってくるより速く、ヴァルドールがぐりぐりと奥をいじめ始めた。

「素直になれと、教えたはずだろう。私の言いつけを忘れたか？」

「はっ——！　やっあぁッ、だめ、まだいって……」

口の端から唾液を垂らしながら、沙羅はいやいやと首を振り続ける。

感じすぎて辛い。呼吸ができなくて、死んでしまいそうだ。

もう、おかしくなってしまう。ヴァルドールに、狂わされてしまう。

「あっあっ……、きもちい、気持ちいいから……っ、も、ゆるしてぇ……っ」

「そうか、気持ちいいか。ならばもっと期待に応えねばな」

素直に「気持ちいい」と言えば止《や》めてもらえると思ったのに、上機嫌にそう言ったヴァルドールは、ますます荒々しい動きで沙羅の奥を責め立て始める。

話が違う、と思った。だがそれを口に出す余力は、もはや沙羅にはなかった。

太く長大な杭で奥を穿《うが》たれ、媚肉を嬲られ、まくり上げられた花びらは痛々しいほど真っ赤に染まっている。

吐き出される蜜は何度も攪拌《かくはん》されるせいで白濁として泡立ち、シーツにとろりと淫猥《いんわい》な染みを広げた。

その光景は、沙羅を愛する男にとってどれほど蠱惑《こわく》的に映ったことだろう。

ヴァルドールは沙羅の両足をベッドにつくほど大胆に広げさせると、秘部を天井にさらすような形で、上からのし掛かる。

そうして、どすどすと叩きつけるような動きで沙羅の奥を蹂躙し始めた。

「あぁん……ッ、あぅぅっ、あ――あぁ……ッ！」

「よい眺めだな。こんなに真っ赤に腫《は》らして……そなたのここは、男を惑わす妖花《ようか》のようだ」

「は、あぅ、あ、んぁぁぁぁっ」

じゅぽじゅぽ、ぐぷっと、蜜が空気と入り混じってものすごい音を立てる。

それを自分の身体が発しているなんて、いまだに信じられない。

「はぁ、はぁ、あぁっ、ま、またいっちゃ……」

「何度でも達するがいい。ほら、手伝ってやる」

そう言うなり、ヴァルドールは繋がっている部分のすぐ上にある突起を指先でひねり上げた。

目の前が真っ赤に染まり、頭の中で白く大きな爆発が起こる。

「んあぁぁぁ――――ッ！　あ――――……ッ！」

「ものすごい乱れっぷりだ……。ついこの間まで生娘だったとは思えぬ」

「あ……、はあ、あぁぁ……」

感じすぎて辛い。でもそれが、いい。

目元を赤く染めながら、沙羅は生理的な涙の浮かぶうつろな瞳で、ヴァルドールを見上げる。

この淫猥な宴《うたげ》に興じている時の彼は、いつもとても楽しそうだ。乱れる沙羅の姿がよほどお気に召したらしく、いつも弱い場所ばかりを責めてくる。

今もそう。

もう何度も達しているにもかかわらず、彼自身は一度も欲望を放つことなく、硬いままのそれで沙羅を責め立てる。

「さあ、サラ。もう一度だ」

「あ……っ」

その「もう一度」を、今晩だけでもう何度耳にしたことだろう。

そして毎回、もう一度で終わった例《ため》しはない。

そんなことを考えていると、ヴァルドールが耳の中に低い囁きを注いでくる。

「私が目の前にいるのに、考え事か？　サラは本当に、私を翻弄してばかりの悪い子だな」

「ち、ちが……」

青ざめながら首を横に振ったが、もう遅かった。

「他のつけいる隙があるのなら、まだ余裕だな。もっともっと可愛がってやる」

「やっ――――！」

沙羅の抗議の声は聞き入れられることなく、再び始まった律動に揺さぶられることを余儀なくされる。

それから何度か「もう一度」という彼の言葉を聞いたが、三回ほど耳にしたところで、沙羅は数えることを放棄した。

◆

「いたた……」

全身が筋肉痛で軋んでいる。

痛む腕や腰を揉みながら、沙羅はため息をついてソファに腰掛けた。

毎日の情事に、細身の沙羅は行為の後、起き上がるのも億劫《おっくう》なほどである。

「サラさま、薬草茶と、湿布をお持ちいたしました。お痛みは大丈夫ですか?」

「何とか……」

そう答える声がかすれているのも、ヴァルドールのせいである。

だが、彼ばかりを責めてもいられない。沙羅だって、彼に抱かれていつも悦《よろこ》びの声を上げているのだから。

「さ、お召し上がりくださいませ。少々苦いですが、疲労回復に最適なお茶ですわ」

「ありがとうミリアナ」

ふああ、とあくびをし、沙羅はティーカップを持ち上げる。

匂《にお》いからしていかにも苦そうな感じだが、この疲れが取れるのならば贅沢《ぜいたく》は言うまい。

息を止めて一気に飲み干す沙羅を見て、ミリアナが「ふふふ」と笑った。

「どうしたの?」

「首元に、口づけの痕が」

差し出された手鏡を覗き込めば、確かに、よくぞこれほどまでにつけたものだと言えるほどたくさんのキスマークが首筋についている。

もはや隠すような気力もなく、沙羅はばったりとテーブルに突っ伏した。

「あらあら、サラさまったら」

「穴があったら入りたい……」

「そうおっしゃらずに。陛下のご寵愛《ちょうあい》の証ではありませんか。むしろ皆の者に見せびらかすくらいでもよろしいのですよ」

そんなことをしたら羞恥で死ねる自信がある。

恥ずかしさに身悶《みもだ》える沙羅を見て、とうとう見かねたミリアナが救いの手を差し伸べてくれる。

「魔力で痕を消すこともできますが、いかがなさいます？」

「そんな便利なことができるの⁉　ぜひお願いします！」

即答だった。

そんな沙羅の様子に苦笑を浮かべながら、ミリアナがキスマークのある場所に手をかざす。

するとほんのりと温かい熱気と共に、ぽうっと柔らかな光が発生し、沙羅の肌を優しく照らす。

手をかざしながら、ミリアナは微笑ましげに目を細めた。

「サラさまは恥ずかしがり屋でいらっしゃいますのね。魔族の女は性に奔放ですから、とても新鮮ですわ」

「奔放？　そうなの？」

「ええ。恋人が複数いるのも珍しくありませんし、多夫多妻も認められておりますから」

「もしかして……ヴァルドールも、そのほうが喜ぶのかな」

ぽつんと、呟く。

ヴァルドールにはいつも親切にしてもらうばかりで、沙羅のほうは何も返せていない。もちろん、王妃としての勉強は続けているが、実際役に立つようになるのはまだまだ先だろう。

他に何か妻としてできることがあればいいのだが、国王ともなれば望むものは何でも手に入るだろうし、沙羅なんかで役に立てることがあるとは到底思えなかった。

だからせめて、彼が魅力的だと思うような女性を目指そうとは思うのだが、ヴァルドールに直接「どんな女性が好きですか」と聞いて「ナイスバディなセクシー巨乳」とでも言われたら打つ手がない。

「サラさま……。もしかして、陛下を喜ばせたいのですか？」

「う、うん。ヴァルドールにはお世話になってるし……。何か、少しくらい恩返しができたらなぁと思って」

「まあ！　それならそうと、早くわたくしに相談してくださいな！　不肖わたくし、陛下のことならば人一倍理解しているつもりでございます」

どん、と胸を力強く叩きながら、ミリアナが高らかに告げた。そして手で覆いを作ると口元に当て、ひそひそと内緒話を始める。

「よろしいですか、サラさま」

「は、はい……」

「殿方というのは――をして差し上げたら喜ぶのですよ」

テレビで放映されるなら『ピー』と電子音でかき消されるような、とても口にはできないような内容に、沙羅はぎょっと目を見開いた。

「えぇっ⁉　む、無理ですそんなの……」

「まあ、なぜです？」

「だ、だって恥ずかしいし、そんなことしたらヴァルドールも絶対軽蔑《けいべつ》するんじゃ……」

「そんなことはございませんわ！　我がガルディア国の世論調査によると、愛する女性にソレをしてほしい男性は実に、九割九分を超えます！」

「え……⁉」

俄《にわか》には信じがたいのだが、本当にそうなのだろうか。

わたしが、ヴァルドールに……？

駄目だ、想像するだけで顔から火を噴いてしまいそうになる。

奔放な性格のほうがヴァルドールは喜ぶのかもしれないと思ったのは確かだが、さすがにそこまでの勇気は出せそうにない。

考えておきます、とだけ言って、お茶を濁した。

そうしてお茶の時間を終えた沙羅は、ミリアナと連れだって王宮のとある一室へ向かう。

その部屋には今、沙羅のためにウェディングドレスが用意されているそうだ。

まだ仮縫いの段階で、今日沙羅が試着してみて直しなどを行った後、本縫いに入る予定だ。

「それにしても、サラさまに足を運ばせるなんて申し訳ございません。婚礼衣装はかさばりますので、どうしても広い部屋に準備しなければならず……」

「大丈夫です。それにしても、仕上がりが楽しみですね」

「はい。まだわたくしもどんな風になったのか見ていないのですが、何だかドキドキしますわね」

色々と悩んだ末に結局沙羅が選んだのは、白い布地だった。

この世界では濃い色のほうが一般的だということは知っていたが、母が存命の頃《ころ》、よくこう言っていたのだ。

沙羅と美沙のウェディングドレス姿を見るのが、お母さんの夢なのよ、と。

そんな母に対して、父は娘たちはどこにも嫁にやらないと、ドラマで見るような台詞《せりふ》を口にしていたが、必ず最後には「幸せになれよ」と目を細めていた。

両親のいる天国から、この世界のことが見えるかどうかはわからない。だが、ふたりはきっと今でも自分たちのことを見守ってくれていると信じたい。

だからこそ、沙羅はあえて白いウェディングドレスにこだわったのだった。

「王妃さまのおなりです」

目的の扉の前に着くなり、ミリアナがそう呼びかける。

すると室内からゆっくりと扉が開き、数名の女官が顔を出した。

「王妃さま、わざわざご足労いただきまして申し訳ございません」

「いいえ、あなたたちもご苦労さまです」

初めの頃はおどおどしてばかりだった沙羅だが、王妃として生活していくと決めた以上、いつまでもそんな態度でいるわけにはいかない。

ヴァルドールは何も言わないが、自分の行動が国王である彼の評価にも影響することくらいは、沙羅にだってわかる。

王妃らしい行動と言っても、小説や漫画で得た知識くらいしか持ち合わせていないが、それでも何も心がけないよりはずっとマシだろう。

そういうわけで沙羅は、このところできる限り王妃らしく堂々と振る舞うように気をつけている。

「お打ち合わせどおり、婚礼衣装はガルディア一の仕立屋に任せました。きっとお気に召していただけることと存じますわ」

女官がにこやかに、沙羅を室内へ招き入れる。

部屋の中央にはトルソーがあり、それにドレスが着せてあった。

「わあ、すごい……！」

ドレスが目に飛び込んでくるなり、自然とそんな言葉が出てしまう。

形自体はそう派手なものではないが、大きく開いた肩から裾にかけて、藤のようにこぼれ落ちる花をイメージした飾りが美しい。

裾はふんわりと開いた形で、腰から幾重にも重なるフリルの襞《ひだ》が、上品さと優美さを添えている。

胸元にはビーズ大の宝石が縫い付けられており、窓から差し込む陽光を反射してキラキラと光っていた。

「すごく綺麗……」

適当にざっくりと希望を伝えただけなのに、こんなに美しいドレスが仕上がるなんて。

プロってすごい。

乙女《おとめ》心をくすぐるデザインに、沙羅の心は少女らしく浮き立ってしまう。

「王妃さまがお召しになったら、ドレスの美しさがもっと際立つことでしょう」

「そうですわ。さあ、どうぞお召し替えくださいませ。寸法がきちんと合っているか、確かめませんと」

てきぱきと女官たちがトルソーからドレスを脱がせ、沙羅に今着ている服を脱ぐよう促してくる。

人前で下着姿になるのにはまだ慣れないが、こんなにボリュームのあるドレスをひとりで着脱するのはさすがに不可能だし、我慢するしかない。

それに彼女たちだって仕事だし、いちいち沙羅の貧相な身体になんか注目しないだろう。

いそいそと服を脱ぎ下着姿になった沙羅に、女官たちはコルセットやパニエを次々着せていく。さすがに手際がよく、沙羅はあっという間にウェディングドレス姿になった。

「どうぞお鏡でご覧くださいませ」

「きついところや、緩いところなどございませんか？」

「はい。すごく……ぴったりです」

鏡の前に立った沙羅は、美しいドレスを身に着けた自分を見て少し面映《おもは》ゆい気分だった。

ドレスはまるで魔法で作られたもののように、沙羅の身体にフィットしている。

「とてもお美しいですわ、王妃さま」

「ええ本当に！　まるで光り輝かんばかりの麗しさですわ」

女官たちは口々に褒めそやしてくれ、お世辞だとわかっていても嬉しくなる。

この城に仕える人々には邪気がない。だからこそ、生贄《いけにえ》に捧げられる前、勝手な思い込みで魔族を悪者だと思っていた自分が恥ずかしい。

その時だった。扉の外から、ミリアナの声が聞こえてきたのは。

「まあ、陛下！　どうなさったのですか」

「サラの婚礼衣装姿を拝みに来たのだ。さぞかし可愛らしいのだろう」

「女性の着替え中に突然いらっしゃったかと思えば、何をおっしゃっておられるのですか。結婚式までのお楽しみですよ！」

ミリアナがヴァルドールを叱咤する声が聞こえてきて、女官たちがクスクスと笑う。

普段の様子からわかった事だが、どうやらヴァルドールはミリアナに頭が上がらないらしい。

「だが」とか「でも」と言いながら、たじたじの様子だ。

「陛下が突入してくる前に、お召し替えを済ませておきましょう」

「せっかくの晴れ姿ですものね。当日までお預けにしておかないともったいないですわ」

そう言って女官たちは、ウェディングドレスを着せてくれた時と同じように、身に着けていたものを順に脱がせてくれる。

ぱっぱと元の服に着替えた沙羅は、女官たちに礼を告げ、扉の隙間から部屋の外を覗いた。

すると、ヴァルドールが壁に額をめり込ませて、見るからにずどーんと落ち込んでいるではないか。

「私はサラの婚礼衣装姿が見たかったのに……くっ、なぜだ。なぜ、夫たる私が妻の着替えを覗いてはならんのだ……！」

「陛下がサラさまのお着替えをご覧になれば、せっかく仕立てた婚礼衣装がビリビリに破かれてしまうかもしれませんでしょう」

「何⁉　そんなもったいないことはせぬぞ！　着衣のままというのもまた一興だからな！」

得意顔で言い放つヴァルドールの声は室内に丸聞こえで、女官たちがまたクスクスと笑い合っている。

頼むからもう黙っていてほしい。いても立ってもいられず、沙羅は部屋から飛び出していた。

「ヴァルドール‼」

「おおサラ！　何だもう着替えたのか、せっかくそなたの婚礼衣装姿が見られると期待して来たのに……」

「み、皆の前であまり変なこと言わないでください！　女官たちに笑われてます！」

「怒ったサラは一段と美しいな」

駄目だ、話が通じない。

沙羅は肩を落とし、ヴァルドールの手をぐいぐいと引っ張ってその場を離れる。

「おお、なんだ、愛の逃避行か？　望むところだ、どこへでも連れていくがよい。私はそなたの愛の奴隷なのだからな」

「っも、もう！」

よく恥ずかしげもなくそんなキザな台詞を言えるものだ。呆れるやら感心するやら恥ずかしいやらで、沙羅の心は一向に安まらない。

「まあそうぷりぷりするな。今日はそなたに、贈り物を持ってきたのだ」

「贈り物？」

問い返しながら、沙羅は警戒をあらわにした。

あれは三日ほど前だっただろうか。ヴァルドールが「贈り物」と称し、小さな魔獣をプレゼントしてくれようとしたのだ。

曰く、「女というのは小さな獣が好きなのだろう？」と。

それは確かに間違っていないが、問題はチョイスだ。ヴァルドールが沙羅のペットにと選んだのは、全身が赤と紫の斑《まだら》色をした、ふたつ頭の蛇だったのである。

咄嗟に気持ち悪いと叫んでしまった自分に罪はない。そう思いたい。

それからしばらくヴァルドールは落ち込んでいたようだ。喜ばせるつもりが怖がらせてしまったことに、相当ショックを受けてしまったらしい。

可哀想だとは思ったが、子供の頃道ばたで車に押しつぶされ死んでいた蛇を見て以来、爬《は》虫類《ちゅうるい》全般が駄目なのだ。

「安心しろ、今日は生き物ではない」

そう言って自らの懐に手を突っ込んだヴァルドールは、包みを取り出した。沙羅の掌にちょうど収まるくらいの大きさの、本当に小さな包みだ。

「開けてみろ」

促され、リボンをほどいて箱を開けてみると、中にはペンダントが入っていた。

繊細な鎖を引っ張ると、しゃらりと音を立てながらペンダントヘッドが現れる。黄金の台座に嵌《は》められた、平らな涙形の石だ。いや——ただの石ではない。沙羅が触れると、青色に光り輝き始める。

沙羅は驚愕してヴァルドールの顔を見上げた。

「これって——」

「千里の瞳を少しだけ削って、固めたものだ。それがあれば、いつでも妹の様子を確かめることができるだろう」

「で、でも、あの水晶は大切なものだって」

ミリアナが数日前、確かにこう言っていた。

代々ガルディア王家に伝わる宝だ、と。

そんな大事なものを、沙羅なんかのために削っていいはずがない。

「どうして……」

「言ったろう、サラ。そなたは私の大事な妃なのだ。そなたの望むことなら、何でも叶えてやるし、そなたの欲しいものなら何でも与える。それが、私の至上の喜びなのだ」

そう言ったヴァルドールは、沙羅の髪を掬って毛先に軽く口づけをする。

それはまるで、崇高な誓いの口づけのようだ。

神経など通っていないはずの髪から、彼の唇の熱が心臓まで伝わったような気がして、沙羅は胸がじんと痺れるのを感じる。

泣きそうになってしまうのは、美沙の無事な姿をいつでも見られるようになった安堵から？

いいや、違う。

嬉しいのだ。ヴァルドールがそれほどまでに、自分を想ってくれていることが。

こんな風に、大事なものを犠牲にしてまで、献身的に思いやってくれることが。

だからこそ彼を騙している自分の罪に耐えられず、こんなにも心が苦しいのだ。

――わたしは、ヴァルドールが好きなんだ。

初めて会った時は、ただ恐怖ばかりだった。

だけど、彼の優しさに触れ、沙羅の胸の中にはたちまち愛情の種が植え付けられた。

それはヴァルドールと接するたびに芽吹き、つぼみをつけ、そして徐々に大きく花開いていったのだ。

「ヴァルドール、わたし……」

もう、彼を騙すことはできない。

たとえ殺されるとしても、優しい彼に甘え続けることは沙羅自身が許せなかった。

ペンダントを握りしめながら震える声で、己の偽りを告白しようとしたその時だった。

「おねえ……ちゃん……」

不意にその場に、すすり泣くような美沙の声が響いたのは。

「美沙……。美沙⁉」

慌ててペンダントを覗き込めば、ベッドに眠る美沙の姿が映し出されていた。

昼寝の最中なのだろう。部屋には美沙ひとりで、くまのぬいぐるみを抱きかかえたまま横たわっている。

どうやら先ほど沙羅を呼んだのは、寝言だったらしい。

伏せられた瞼の隙間から一筋、涙がこぼれ落ちる。それを見て、沙羅は胸が締め付けられそうになった。

沙羅がいなくなった日の夢でも見ているのだろうか。

友達がいるから安心だ、なんて思っていた自分が恥ずかしくなる。美沙はまだ幼く、姉の自分が恋しくないはずはないのに、どうして能天気に大丈夫だなんて思っていたのだろう。

でも、沙羅にできることは何もない。

今ここで、美沙が泣いているのをただただ見つめることしかできないのだ。

本当はすぐに傍へ行って、抱きしめてあげたいのに――。

かじりつくようにペンダントを見つめる沙羅を見て、ヴァルドールは何を感じたのだろう。

彼は沙羅の肩にそっと触れると、静かに告げる。

「妹の許《もと》へ行ってやれ、サラ。そなたが恋しいのであろう」

「で、でも……」

ガルディアの王妃となった身で、そう簡単に彼の傍を離れてもいいのだろうか。

「そなたが元気な姿を見れば、きっと妹も安心するはずだ。二日後に迎えを遣《や》るから、必ず帰ってこい」

「……ありがとう、ヴァルドール。本当に、ありがとうございます」

沙羅は涙ぐみ、それを隠すように俯《うつむ》いた。

するとヴァルドールは緩んだ沙羅の唇をそっと撫で、目を細めた。

「泣くな。サラには、笑顔のほうが似合う」

愛している、と視線で告げるような、慈しみに満ちたまなざし。

大好きな優しい笑みを向けられることが、今の沙羅にとっては泣きたいほどに嬉しい。

胸が甘く締め付けられ、狂おしいまでの愛情に、痛いほど疼いた。

愛おしくて、愛おしくて堪らない。初めて、心の底からヴァルドールが欲しい、と思った。

感情が昂《たか》ぶるあまり、沙羅は自ら手を伸ばし、逞しい身体に抱きつく。

そして驚いたように受け止める彼の目をじっと見つめながら、心のままに、願いを囁いた。

「……抱いてください、ヴァルドール」

沙羅からの初めての誘いに、赤い目が軽く見開かれ、じわじわと欲望の炎を宿す。

「我が妃よ、すべてそなたの望みのままに」

互いの唇が交わり、やがて寝室の扉が開かれる音が響いた。

◆

ベッドに腰掛けたヴァルドールの前に跪《ひざまず》き、沙羅は震える手で彼の下衣をくつろげる。

たまには自分のほうから奉仕がしたい、と言ったはいいものの、やはり恥ずかしい。

手だけでなく身体までもが震えているのを見て、ヴァルドールが気遣わしげな視線を送った。

「サラ、無理なら、そなたがそのようなことをせずとも――」

「い、いえ……。お願いですから、させてください……」

せっかくミリアナから教えてもらったのだ。

気が引けて実践に移せていなかったが、今晩以上によい機会が他にあるだろうか。

「わたしも、ヴァルドールに気持ちよくなってほしいんです……」

絞るような小さな声で、それでもなんとか言いたかったことを告げると、沙羅は下衣の中から彼のものを取り出した。

わずかに芯が入っているが、それでもまだ柔らかい。

恐る恐る指で撫でると、見た目以上に滑らかな感触が返った。

教えられたとおりに、手の中で優しく握りしめるようにしてしごく。恐らく上手《うま》いとは言いがたいたどたどしい手つきであっただろうが、それでもヴァルドールのものが徐々に硬くなり始めたのを感じ、安堵した。

「っ――――」

沙羅が擦り立てるたび、彼は片手で目元を押さえながら、張り詰めた吐息を零す。

そのうち、彼の白い首筋に薄らと紋様が浮かび上がってきた。

それは興奮すれば興奮するほど、濃くなっていくのだと聞いている。

「舐めてもいいですか……？」

「あ、あ……」

男の色香の滲む返事にぞくぞくと愉悦を感じながら、沙羅は小さく舌を出し、ちろちろと先端を舐める。

小さな孔《あな》から滲んできた先走りは少しだけ塩辛く、沙羅が舐めるたびにじんわりと溢れてくる。それを余さず舐め取っていると、ヴァルドールが責めるような、欲情の滲む瞳で見下ろしてきた。

「っ、こんな、ことを……誰《だれ》に教わった？」

「ミリアナに……。ヴァルドールに、悦んでもらいたくて……」

そう言って、ちゅる、と先端を吸い上げる。そうするとヴァルドールがびくりと震えながら、天井を仰いだ。

「は……っ、夫としてはその努力は大変に喜ばしいことだが……。できれば今度から、そういうことは私に聞いてほしい。……閨事《ねやごと》を妻に、教えるのは……夫の役割だろう？」

ヴァルドールの広い掌が沙羅の頭に添えられ、黒髪を優しく乱す。

だがきっと本当は、そんな余裕などないのだろう。もう一方の手を硬く握りしめているのを見て、そう思う。

「それなら、ヴァルドールが教えてください。どうすれば気持ちよくなれるのか……」

「ならば、もっと深く咥《くわ》えてくれ。歯を立てないよう――。そう、だ。根元は手でしごきながら……っ、う……」

「は、い……。ん、んん……」

頭を上下させながら、沙羅は口内に圧力をかけて雄を締め付ける。そして教えられたとおり、根元の部分に手を添えて擦った。

ミリアナはあまり詳しく教えてくれなかったが、本当にこんな感じでいいのだろうか。だがぎこちない動きであっても、少しは気持ちいいらしい。ヴァルドールの耳に、赤い色が滲み始めている。

「は……っ、……っ」

時折、吐息とも声ともつかないような音が唇から漏れ出すのが、男性だというのにひどく色っぽい。

もっと、もっと気持ちよくなってほしい。

そんな思いに、沙羅は頭を動かすスピードを速める。

じゅぷっ、じゅぷっと、唾液が先走りと混じり合って淫猥な音を立てる。口を大きく開いているせいで上手く呑《の》み込めず、その液体は沙羅の顎を伝って流れていった。

ぽた、ぽたと床に落ちていくそれを拭うこともせず、沙羅は口での奉仕を続ける。

もちろん、美味しいはずがない。だが、ヴァルドールが零している液体だと思うと、それすらも愛おしく、飲める分だけでも嚥下しようと必死で喉を鳴らした。

「んむ、ん……んく、ふ……」

雄茎に舌を絡め、むせるほど濃厚な匂いのする液体を唇で吸い取った。

大胆に舌を使って舐めしゃぶり、唾液を擦りつけながら、嘔吐《えず》くほど深くまで受け入れる。

ヴァルドールのものはもはやこれ以上ないほどに硬く、大きく膨れ、沙羅の口をいっぱいに満たしていた。

それを頬張ったまま、沙羅はうっとりと頬を染める。

こんなに大きなものが、いつもわたしの中に……。

そう思うとますますいやらしい気分になってきて、下腹が勝手に甘い疼痛を訴えてくる。

じわ、と足の間が濡れ、その場所を埋めるものを求めてひくつく。

強く突いて、かき混ぜてほしい……。

無意識にそんな願いがこみ上げ、そのとおりにしてもらえたらどんなに気持ちいいだろういう思いに、自然と表情がとろけてしまう。

これが彼の体液のせいなのか、それとも沙羅自身の深層に眠っていた欲望なのかはわからない。

だがどちらにせよ、間近で見ていたヴァルドールが、それに気づかないはずはなかった。

「物欲しそうな顔だな、サラ。舐めるだけでは足りないのだろう。……自分から奉仕すると言ったくせに、いけない子だ」

「ん、んぁ……」

「どうしてほしい？　そなたのしてほしいようにしてやろう」

ちゅぷ、と口の中からヴァルドールが出ていく。

あ、と短くも悩ましい声が零れ、沙羅はそれを名残惜《なごり》しげに見送った。

硬く反り返ったそれは鋼のように逞しく、てらてらと濡れ光っている。

早く——早く、欲しい。

原始的なその願いを前に、沙羅はもはや恥じらいも慎みも忘れ、ヴァルドールに縋《すが》り付いた。

「ほし、欲しいの……っ。ヴァルドール、早く……。中、中に……」

「素直なのはいいことだ」

ふ、とヴァルドールが笑った瞬間、沙羅は強く腕を引っ張られ、バランスを崩してベッドの上に転がってしまう。

もらったばかりのペンダントがしゃらんと涼しげな音を立て、それが収まるか収まらないかの内に、性急な手つきで下着を破り捨てられる。

ずん、と脳天まで突き抜ける衝撃が走ったのは、その直後だった。

ヴァルドールが蜜路に己を押し当て、一気に貫いたのである。

奉仕をしている最中の興奮で、もう十分に潤んだ沙羅のそこは、何の抵抗もなくヴァルドールを最奥まで迎え入れた。

「ンあ、あァ――――!」

愛撫《あいぶ》をせずとも呑み込めるほどに、彼の形になじんだ証拠であった。

がくがくと腰が痙攣し、あられもない声を上げながら達してしまう。

恐ろしいほどのあらがえない法悦に、頭の中まで甘く染め上げられた。

「っ、もう達したのか。早いな」

「はっ……、はぁ……っ、あぁ……っ」

少し意地悪な笑みを浮かべながら、ヴァルドールがうねる内壁の動きに逆らい、奥を叩く。

内部を犯す灼熱の楔はいつもより硬く、大きく、もはや凶器のようにさえ感じられた。

「あ、お、おおき……っ、だめ、だめ……っ」

「そなたがここまで大きくしたのだぞ。責任を取ってもらわねば」

「ひぁっ！　んぁぁあんっ！」

まるで下腹に、心臓が移動したかのようだ。

どく、どくと強く鼓動を刻むそこは、ヴァルドールに突かれるたび、薄い肌がわずかに盛り上がって彼の存在を主張してくる。

「あっ、あぁっ、んぁぁ――」

初めから容赦なく、ぱんっ、ぱんっ、と腰を叩きつけられ、腰がはしたないほどにせり上がる。脳髄や、骨までとろけてしまいそうで、到底我慢できるものではない。

自ら腰を揺らし、更なる官能を求めるような動きをしている自覚はあったが、もう止まれなかった。

「あァ……っん、ひぅ……っ、あぁんっ」

ずぷずぷ、ぐちゃぐちゃと、淫らで原始的な音楽が寝室を彩る。

髪をかき乱しながら、沙羅は涙すら流して法悦の喘ぎ声を上げ続けた。

やがてヴァルドールが、両手で沙羅の衣服を引き裂く。

絹でできたそれは呆気《あっけ》なくただのちぎれた布きれに変わり、はらはらと宙を舞う。今やボロボロの布だけが、沙羅の身体にかろうじて引っかかっている状態だった。

そんな淫らな格好の沙羅を、ヴァルドールは横向きに寝かせる。

重力に従ってたわんだ乳房を揉みしだき、足を肩に担ぎながら、ぎりぎりまで引き抜いたものを一息に奥まで押し込む。

いつもと角度も違えば、当たる場所も違う。普段とは違う感覚に胸を喘がせながら、沙羅はぎゅっとシーツを握りしめる。

そんな沙羅の足に、ヴァルドールはぬろりと舌を這わせた。

脹脛《ふくらはぎ》から足首に、足首から甲に、そして指の股に。

赤い舌が足指を這う様子は、まるで美しい蛇が蠢いているかのようだ。

「あ……、あ……」

神経の集中している場所を生温かく濡れたもので舐《ねぶ》られ、我慢できる者がどれほどいるだろうか。少なくとも沙羅は、官能に耐えることができなかった。

「あ、足、舐めちゃいや……っ」

すぐに身体を捩って抵抗したが、それは単に中に埋められた熱い楔をより締め付ける結果にしかならなかった。

「なぜだ？　そなたも先ほど、私のものを舐めてくれただろう」

「それは……、だって、足じゃなくて……あぅん……っ」

言い訳など聞かぬとばかりに足指を舐めながら、ヴァルドールは緩やかに律動を続ける。

ゆっくりなのに蜂蜜のようにねっとりとした官能を覚えるのは、この体勢でいつもより中が窄《すぼ》まっているからだろうか。

無防備にさらけ出された秘部を、熱杭は蜜を纏《まと》いながら何度も行き来する。

やがてようやく足を解放したヴァルドールは、沙羅の太腿を両手で抱え込みながら己のほうに強く引き寄せた。

切っ先がこつん、と奥にぶつかり、痺れるような愉悦が広がっていく。

張り出した部分で媚肉《びにく》を抉られ、蜜をかき混ぜられ、苦痛とも思えるほどの快楽が沙羅を深い深い淫惑の泥沼へと沈めていく。

「あっ、あぁっ――――!」

息もできないほどの濃密な空気に半ば呼吸すら忘れながら、沙羅はもがくように手を伸ばし、シーツをかき乱す。布の波打つ激しさが、沙羅の内心の昂ぶりを表していた。

ぐつぐつと、砂糖を煮詰めた時のように胸が甘く焦げ付く。

熱くて、苦しくて、辛いのに、気持ちよくて。もうどうしようもないほどに、ヴァルドールに溺れている。

「ここも感じるのか。まったく、何度抱いても、そなたの身体を知り尽くせそうにはないな……」

「あっ、あぅっ、あぅぅっ……」

ごつごつと、奥を叩かれる。窄まった部分にある口をこじ開けるような強さで、穿たれる。

「だめ、そこ、だめぇ……っ、は、激しくしないで……っ」

「嘘を言うな。下がってきたぞ」

ヴァルドールが嬉しそうに言いながら、子胤《こだね》を求めて下がってきた子宮の最奥を、ごりっと抉った。

「ッ――‼」

許容値を振り切るものすごい快楽に、全身の血が沸騰しそうになる。

自分でも、悲鳴を上げたのか上げていないのかわからないままに、沙羅は意識を飛ばしそうになった。

だが、ヴァルドールはまだまだ、沙羅を手放す気はないらしい。

「だめだ、サラ。まだ付き合ってもらわねば、収まりがつかぬ」

「あ、うぅ……」

ぐぷぷ、と粘着質な音を立てて熱杭が出ていく。赤黒い肉棒にまとわりついた蜜が銀の糸を引き、見るに堪えないほど淫らだ。

沙羅を四つん這いにさせたヴァルドールは、今度は後ろから己のものを蜜口に宛《あて》がう。

滾《たぎ》るような熱の塊が、微かに内側に食い込んでくる。

十分に解された沙羅の内部はつるん、と張り出した部分を簡単に飲み込んだ。

「やっ、やっ……、こわい……」

「どうした、痛いか?」

「ヴァルドールの顔、見えないの……怖い……」

「ふ……、あまり可愛いことを言うな。もっと滅茶苦茶《めちゃくちゃ》にしたくなる」

そう言ったヴァルドールは、上体を倒して背中側から沙羅を抱きしめる。

逞しい手をしっかりと腹に回され、伝わる体温にほう……とため息が零れた。

「私はここにいる。大丈夫だ、サラ」

「は、い……。あぁっ……」

抱きしめられたまま、揺さぶられる。

激しく、時に緩やかに。

大海に浮かんだ小舟のような気分になりながら、沙羅は恥じらいを捨て強請《ねだ》った。

「んっ、んっ、あ……ヴァルドール、キスして……」

「きす……、とは何だ?」

「口づけの、ことです。ヴァルドールに、口づけしてほしい……」

言い換えるなり、頤《おとがい》を摑まれ顔を背後に向けさせられる。

互いに舌を伸ばし、浅い口づけを幾度か重ね、陶然とした幸福感にたゆたう。

やがてどちらからともなく唇を離すと同時に抽送の速度が増し、沙羅は腹に回されたヴァルドールの腕に縋り付くように、掌を重ねた。

「ん、あ、あぁ……っ、ヴァルドール……ヴァルドール……」

「サラ……。好きだ。愛している……」

わたしも、という言葉を沙羅は飲み込んだ。

今はまだ、言えない。ファランディアから戻ってきて彼に本当のことを告げるまでは。

でもせめて今は、心の中でだけでも言わせてほしい。

好き、と唇が声なき声を紡ぐ。その瞬間、沙羅は無意識にヴァルドールのものを締め付けていた。

「っ、く……」

「あぁぁぁ……っ」

ヴァルドールが熱い声を零したかと思えば、沙羅の中で熱い飛沫《しぶき》が弾ける。

それはどくどくと長いこと注ぎ込まれ、沙羅の中に収まりきれず繋《つな》がった場所から溢れてしまった。

栓をしていた雄茎が抜き去られれば、なおさらもったりと、白い液体が大量に溢れ出す。

太股を濡らす生温かい液体と、背にヴァルドールの口づけを感じながら、沙羅は汗にまみれた身体をベッドに横たえた。

すると、すぐにヴァルドールがのし掛かってきて、ちゅっちゅっと顔に胸元にキスの雨を降らせてくる。

「サラ、サラ……」

まるで大型犬にじゃれつかれているかのようなくすぐったさに、沙羅は疲労感も忘れ、声を上げて笑ってしまう。

「ふふ……。くすぐったいです」

「すまないな。そなたがあまりにも可愛すぎて、構いたくて仕方がないのだ。たくさん、『きす』をしたい」

「ん……、もう」

呆れたような声を上げながらも、本当は嫌ではない。

ひとしきり笑った後、沙羅は手を伸ばし、彼の美しい銀の髪を梳《す》きながら、告げた。

「わたし、帰ってきたらヴァルドールに、伝えたいことがあるんです」

「今では駄目なのか？」

不思議そうに問いかけられ、罪悪感に胸がちくりと痛む。

本当はすぐにでも伝えたい。だけど、美沙のことが気がかりなままでは、きっときちんと彼と向き合えないから。

「……ごめんなさい。でも、必ず伝えますから」

目を伏せて謝れば、ヴァルドールは広い胸の中に沙羅を抱きしめる。そして、柔らかな声音で囁いた。

「ならばよい。……そなたの帰りを、待っている」

自分が捧げられた相手が、彼のような優しい魔王で本当によかった。

そんな風にじーんと感動していると、ヴァルドールが若干声を低めて言葉を続ける。

「だがもし、ファランディアがそなたを帰さぬようなことがあれば、……ファランディアは焦土と化すだろう」

……前言撤回だ。沙羅にのみ、優しい魔王と訂正すべきだろう。

国が焦土と化すなんて、彼の口から聞いてはまったくシャレにならない。物騒すぎる発言にぎょっとしていると、ヴァルドールはくすりと笑った。

「……冗談だ。そなたに嫌われるのは嫌だから、私が迎えに行って『サラを返してほしい』と国王に頭を下げよう」

この人が、誰かに頭を下げるところなんてとても想像できない。

くすくすと笑いながら、沙羅はぬくもりを確かめるように、彼の背に腕を回してぎゅっと抱きつく。

そして、幸福感と共に実感した。

自分の戻ってくる場所は、この腕の中なのだ――と。

六話　何があっても護ってくれる

翌朝。

供をつければ却《かえ》って人々を混乱に陥れるだろうと、沙羅はあえてひとりでファランディアへ向かった。

普通に王宮を訪ねたとしても、きっと入れてはもらえないだろう。王女の身代わりとして異世界人を召喚したことを知る人は、そう多くはないはず。

そう思った沙羅は、ヴァルドールに頼んで、初めにこの世界を訪れた時の召喚場所だった大聖堂へ、転移魔法で送り届けてもらうことにした。

「転移先は、王宮でなくていいのか？」

「はい。王宮に戻る前に、お祈りをしていこうと思って……」

そんな風に適当に誤魔化し、彼の魔力によって送り出された沙羅は今、大聖堂の片隅に佇んでいた。

この大聖堂に仕えている人たちならば、沙羅の存在を知っているだろう。

まずはエーベルトに会い、国王から美沙のところへ行くための許可をもらわなければならない。

しんと静まりかえった大聖堂の中、沙羅はきょろきょろと周囲を見回す。

どの方向へ行けば人がいるだろうか。とりあえず、数日間暮らしていた部屋にでも行ってみようか。

そうして足を踏み出した瞬間、ガシャンと大きな音が響いた。

慌てて振り向けば、修道女が青ざめた顔をして沙羅を見つめている。その、修道女の足下には、ガラスの破片がバラバラに散らばっていた。

「せ、聖女さま……」

「あ、こんにちは。あの、よかったらエーベルトさんを――」

すべて言い終えない内に、絹を裂くような悲鳴が上がった。目の前の修道女が上げたものだ。

「誰かっ！　誰か来て――！　聖女さまの悪霊が……！」

「えっ、悪霊!?　ち、違います、わたしは……」

何とか誤解を解こうとした沙羅だったが、それより早く、悲鳴を聞きつけたであろう人々が、何だ何だと集まり出す。そして皆一様に、沙羅を見るなり顔を青ざめさせた。

「聖女さま……」

「せ、聖女さまだ」

「私たちを恨んで、化けて出たのか……？」

皆、幽霊でも見たかのような顔をして沙羅を遠巻きに見つめている。

生贄として魔王の餌《えさ》になったはずの娘が現れ、動揺する気持ちはわからないでもないが、この反応はあんまりではないだろうか。

「そうだ、きっと死して魔物になったに違いない」

「神よ、どうか我々をお守りください……！」

しまいにはそうやって神に祈る始末である。

むっとして、沙羅は口をへの字に曲げた。自分たちの勝手で生贄に送り出しておいて、何という酷《ひど》い態度だ。

こちらはただ、妹に会いに来ただけだというのに。

「何か誤解しているようですけど、わたしは――」

説明しようと口を開いた時だった。その場に、硬い靴音と厳しい声が響いたのは。

「この騒ぎはなんだ！　皆揃《そろ》って何をしている！」

「神官長さま」

「神官長さま！」

エーベルトの登場に、安堵したような声がさざめきのように広がっていく。

やがて修道士の内のひとりが、エーベルトに駆け寄って跪いた。

「神官長さま、あそこに魔物が！」

わなわなと震える指先が、沙羅を指し示す。

「だから魔物じゃないって……」

思い込みもここまでくるとあっぱれなものだ。

呆れながら肩を落とす沙羅を見て、エーベルトが愕然《がくぜん》とした表情を見せる。しかし、修道士たちの手前ということもあり、動揺を見せてはならないと思ったのだろう。

「馬鹿者！　ここは聖域だ、魔物が入り込めるはずはない！」

「で、ですが――。あっ、危険です、神官長さま！」

修道士たちが止めるのも聞かず、エーベルトは沙羅に近づく。そして、じろじろと胡乱《うろん》げな視線を向けた。

「エーベルトさん……」

「サラ殿」

名前を呼ばれて安心したのもつかの間、彼は厳しい目で沙羅を見つめ、責めるような口調でこう問いただす。

「これは一体どういうことですかな？」

「どういうって……。美沙の様子を見たくて、戻ってきたんです」

「あなたがいなくなって二週間ほどが経ちますが、娘たちがいなくなる事件はいまだ落ち着いておりません。もしかして――怖《お》じ気づいてしまったあなたは、魔王の許へ行くふりをして、どこかへ逃げたのではありませんかな？」

「な……っ！」

エーベルトの言葉に、修道士たちがひそひそと囁き合い始める。

「確かに、行方《ゆくえ》不明事件が落ち着かないからおかしいとは思っていたが……。聖女さまは逃げてきたのか……？」

「まさか、信じられない。私たちの命を何だと思っておられるのだろう」

あまりの身勝手な物言いに、沙羅は憤慨する。

この人たちのほうこそ、人の命を何だと思っているのだろうと言いたい。

自分たちの都合で召喚し、王女の身代わりにしておいて、ずいぶんな言い草だ。人がどんな気持ちで生贄になったと思っているのだろう。

それでも、疑う気持ちが少しもわからないわけではない――というより、彼らならばこういうことを言い出すだろうという予想も少しはしていた。もちろん、現実にならなければいいと願ってはいたが。

だから沙羅は、ガルディアを出る前、念のためにとヴァルドールに持たされた宝石を、持っていた小さなポシェットから取り出し、エーベルトに見せた。

「これを見れば、わたしが逃げてきたわけでもどこかに潜んでいたわけでもないことがわかると思います」

それは、ごろんとした大きなルビーだ。

美しい輝きといい、綺麗な形といい、王の杖《つえ》についていてもおかしくないほどの逸品である。

――もし、そなたが困るようなことがあれば、これを使えばいい、とヴァルドールは言っていた。

彼がこんな使い道を想定していたかどうかはわからないが、幸いにしてどうやら効果があったらしい。エーベルトが顔色を変え、ルビーに見入っている。

「これは……」

「異世界人のわたしが、簡単に手に入れられる品物じゃないとわかっていただけますね。これは、魔王からもらった宝石です」

俄には信じたがたいとばかりに眉間に皺を寄せたエーベルトだったが、こんな宝石が道ばたに転がっているはずがないことは、子供にでもわかることだ。

「ミサ殿に、会いたいとおっしゃっておられましたな。よろしいでしょう、王宮までお送りいたします」

「ありがとうございます……！」

「まずは国王陛下に事情を説明していただかねばなりませんが、よろしいですな？」

「もちろんです。美沙に会えるためなら、いくらだって説明します」

沙羅は力強く頷いた。

これで、ようやく美沙と話ができる。

◆

王宮へ赴いた沙羅は、まず国王に謁見した。

騒ぎを避けるため、王宮の一角にある小部屋で、国王とエーベルト、それから沙羅の三人で内密に話をする。

沙羅はそこで、魔王ヴァルドールがガルディアの王宮でとてもよくしてくれたこと、女官や侍女たちが親切だったこと、それから一連の行方不明事件に彼が関わっていないことを告げた。話がややこしくなるだろうと思い、魔王の妃となったことは伏せていたが、その判断は正解だったと言えるだろう。

沙羅の説明を受け、国王もエーベルトも、とても信じられないという表情をしていた。が、沙羅の持っていたルビーを見れば、信じざるを得なかったに違いない。

「生贄を食べぬとは……まさか本当に、魔族は行方不明事件とは無関係なのか？」

「陛下、その判断を下すのは尚早ですぞ。サラ殿は、偶然運がよかっただけかもしれませぬ」

エーベルトのそんな言葉を否定するために懸命に説明をしようとしたが、もとより沙羅の言葉など聞き入れるつもりはなかったらしい。

結局「魔族のきまぐれ」という言葉で片付けられた。

頭の固い彼らには、もうどんなに魔族が悪い人たちでないということを言っても、聞き入れてはもらえないだろう。

そうして謁見を済ませた沙羅は、ようやく美沙の部屋へと案内された。

腫れ物に触るような侍女の態度も、これから美沙に会えるということを思えばまったく気にならない。

「――ミサさま、お客さまがおいでです」

部屋の前でそう告げた侍女は、美沙の返事を待ってから扉を開ける。

「お客さまって誰？　アルベルト？　それともエレン？」

友人のものらしき名前を口にした美沙が、侍女の背後を覗き込む。そうして沙羅と目が合うなり、きゃーっと歓喜の悲鳴を上げた。

「嘘！　本当にお姉ちゃん⁉　いつ帰ってきたの⁉　お仕事は⁉　どうしてここにいるの⁉」

「美沙ったら、落ち着いて」

興奮した様子で質問攻めにしてくる妹を苦笑しながら宥《なだ》めつつ、沙羅は視線だけで侍女に退室を促した。

侍女のほうも侍女のほうで、いきなり帰ってきた『聖女』とは関わり合いたくないとばかりに、さっさと部屋を去っていく。

それを確認して、沙羅は美沙をぎゅっと抱きしめた。

二週間と少ししか離れていないのに、ずいぶんと久しぶりのような気がする。

「お休みをもらえたから、美沙と会いたくて帰ってきたの。三日経ったら、またお仕事に戻らないといけないいんだけど……」

「それじゃ、三日は美沙と一緒にいられるってこと？　やったあ！」

美沙は飛び跳ね、沙羅と共に過ごせることを喜んでいる。

無邪気な妹の反応が心から嬉しく、沙羅は自然と笑みを浮かべていた。

「美沙、お姉ちゃんがいない間、元気にしてた？」

「うん！　美沙ね、ずっといい子で待ってたよ。お友達もたくさんできたの。えっとね、エレンとグレーテル、ヘラにカール。それからアルベルトでしょ、フランツでしょ」

「すごい、本当にたくさんできたのね」

指を折りながら、次々と友人たちの名前を口にする美沙の姿は楽しそうで、本当に友達のことが好きだという感情が伝わってくる。

美沙を孤独にせず、丁重に扱い友人まで与えてくれたことだけは、国王に感謝しなければならないだろう。

「でもね。美沙、お友達ができたことより、お姉ちゃんが帰ってきてくれたことのほうが嬉しい。この間、てんとう虫が腕に止まったからお願いしたんだ。お姉ちゃんが帰ってきますようにって」

「美沙……」

「そうしたら、本当にお願いが叶っちゃった。てんとう虫ってすごいね！」

はしゃぐ美沙を見て、沙羅は心底安心した。

やっぱり、様子を確かめに来てよかった。こんなに喜んでくれるなんて……と。

「ねえ美沙、今夜は久しぶりにふたりでご飯を食べて、一緒に寝ようね」

「わーい！　お姉ちゃんとご飯だ！　あ、そうだ。美沙、ジジョさんに、お姉ちゃんの分の晩ご飯もこの部屋に運んでくれるように言ってくるね！　待っててね！　いなくならないでね！」

一生懸命何度も念押ししたかと思えば、美沙は忙《せわ》しなく部屋を出ていく。

「美沙ったら、廊下は走っちゃ駄目だっていつも言ってるのに……」

瞬く間に廊下の向こうへ消えていく後ろ姿を見ながら、沙羅は苦笑しながら、やれやれとため息をついた。

◆

その晩、沙羅は美沙と共に食事を取り、一緒に入浴をして寝床に入った。

「せっかくお姉ちゃんがいるから、美沙、夜更かしする！」

と張り切っていた美沙だったが、久しぶりに沙羅に会えたことではしゃぎ疲れて、ベッドに入って数分後にはすっかり夢の中の人になってしまっていた。

眠る美沙の頭を撫でながら、沙羅はクスリと笑う。今日の美沙はとても甘えん坊で、沙羅の傍にべったりひっついて離れなかった。まるで三、四歳の頃に戻ったかのようで、微笑ましかった。

もし——もし、ヴァルドールにすべて打ち明けて、彼がそれでも沙羅のことを赦《ゆる》してくれたら。そうしたら、美沙をガルディアへ連れていってもいいだろうか。美沙も共に城で暮らすことを、ヴァルドールに許してもらいたい。

もしものことを今から考えても意味がないとは思うけど、ヴァルドールがいて、ミリアナたちがいてくれて、そこに美沙さえいれば完璧《かんぺき》なのだ。

もう今更、元の世界に対する未練や執着など、沙羅にはない。

初めはただ、諦《あきら》めていた。元の世界に戻る方法などないと言われ、どうせ無理なのだと強引に自分を納得させていた。だが、今は違う。

もし今、元の世界に戻る方法が見つかったとしても、沙羅は決してそれを実行はしないだろう。大事なものが、この世界にできてしまったのだから。

そんなことを考えていた時だった、暗闇の中で、扉がキィ……と軋む音を立てるのが聞こえ、沙羅は身体を強張《こわば》らせた。

一瞬、気のせいかとも思ったが、確かにかつかつと、床石を踏む音が近づいてくる。侍女ではない。恐らく、男性だ。それもひとりではなく、複数。

一体こんな時間に、灯りも持たずに誰が？

恐怖のあまり声も出せず凍り付いた沙羅の腕を、誰かのひやりとした手が強く摑んだのはそんな疑問を抱いた直後だ。

「……っ」

咄嗟に悲鳴を上げかけた沙羅だったが、それよりも、その「誰か」が口を塞いでくるほうが速かった。

「妹を巻き込みたくなければ、静かにしろ」

押し殺したような低い声は、聞き覚えのないものだった。

「おとなしくついてさえくれば、妹には手を出さない。いいな」

口を塞がれたまま、沙羅はこくこくと必死で頷いた。どういう理由でこの部屋に忍び込んだのかはわからないが、美沙にだけは手出しをさせるわけにいかない。

沙羅が頷いたのを見て、男は周囲にいた他の男たちに「連れていけ」と指示を出した。

その瞬間、沙羅の両手は縄のようなもので縛られ、目隠しまでされてしまう。

理由がわかっていても怖いものを、突然縛り付けられる恐怖はそれの比ではない。恐怖に歯の根が鳴ったが、男たちに聞こえていたかどうか。

「さっさと歩け」

ベッドから引きずり下ろされた沙羅は、背後から強引に背中を押され、無理矢理歩かされる。これから、どこへ連れていかれるのだろう。目隠しをされた状態では、今自分がどこを歩いているのかもわからない。

やがてずいぶん長いこと歩いたような気になってきた頃、すぐ間近で錆《さ》びた扉が開く重い音が聞こえた。

「下ろせ」

先ほどの男が指示を出す声が聞こえ、身体が唐突に宙に浮く。

誰かに抱えられたのだ。突然のことに、つい悲鳴を上げてしまったが、それを聞きつけて助けに来てくれる者は誰もいなかった。

階段を下りる振動が、沙羅を抱えている男の身体越しに伝わってくる。これは、地下室に向かっているのだろうか。

ひんやりとした空気、水滴の音、そしてこれは……何かが腐った匂い――？

沙羅を運ぶ男の足が止まったかと思えば、再び金属の扉が開く耳障りな音が響いた。

どさりと乱暴に放り投げられ、沙羅は強《したた》かに床へ肩を打ち付けてしまう。

「いたっ！」

反射的に声を上げた、その時、すぐ傍で聞き覚えのあるしわがれた声が上がった。

「これ、『聖女さま』をそう乱暴に扱うでない」

え、と。沙羅は喉の奥で、小さな声を上げる。

今のってもしかして――。

愕然としている間にも、目の覆いが解かれ、視界が開けた。

「ようこそサラ殿。突然連れ出してしまい、申し訳ありませんでしたな」

「エ、エーベルトさん……？」

目の前には、エーベルトが佇んでいた。

いつもと変わらぬ穏やかな笑みを浮かべ、沙羅のことを見下ろしている。だからこそ沙羅はぞっとするのを抑えられなかった。

どうしてこの人、笑っているの？

「エーベルトさんが、わたしをここに連れてくるよう命じたんですか？」

状況を見れば答えはわかりきっていたが、どうしても聞かずにはいられなかった。

するとエーベルトは誤魔化そうともせず、ゆっくりと頷く。

「ええ、そうですよ。丁重にお連れするようにと言っていたのですが……。どうにも君たちは乱暴者で困る」

最後の言葉は、沙羅をここまで連れてきた男たちに向けられたものだ。

「申し訳ありません、神官長さま」

そう謝る男たちに改めて目を向けてみれば、とても神官長と付き合いのあるようには見えない、ゴロツキのような雰囲気だった。

「まあ、よろしいでしょう。こうして無事、聖女が手に入ったのだ」

「手に入った……？　何を言って――」

男たちからエーベルトに視線を戻した沙羅は、その時彼の背後にあるものを見つけ、言葉を失った。

人の、骨だ。それもひとつではない。大量に。

いや。よくよく見れば、骨だけでなく腐りかけのものや、まだ新しい死体が転がっている。

燭台《しょくだい》の蠟燭《ろうそく》に照らされる禍々《まがまが》しい光景に、沙羅の顔から一気に血の気が引いた。エーベルトはそれを、見逃さなかった。

「ああ、これですかな」

唇を歪《ゆが》めて笑ったエーベルトは、落ちていた骨をひとつ手に取り、沙羅の足下に放り投げる。

「ひっ……」

「これは、行方不明の巫女《みこ》たちのなれの果てです」

「ど、どういうことですか……？」

吐きそうになるのを堪えながら、沙羅は震える声で何とか問い返した。

どうして、行方不明の巫女たちが、こんな姿でここに転がっているのか。そしてなぜ、エーベルトが巫女たちの行方を知っていたのか。

頭のどこか片隅で、答えをわかっていたような気がする。しかし、どうしても聞かずにはいられなかった。

「わたくしが世界の支配者になるために、更なる神力が必要なのです」

支配者？　更なる神力が必要？　この人、何を言っているの……？

愕然とする沙羅に向かって、エーベルトは恍惚《こうこつ》とした表情で続ける。

「強い神力を持つ者の心臓を喰《く》らえば、絶大な力を手に入れられると古い文献に書かれているのですよ」

「そ、そのために、巫女たちを攫《さら》って殺したんですか？」

そんな愚かな自己満足のために、すべてを魔族のせいにして？

ああ、でも、だからなのか。普通は単色で輝くはずの魔石が、エーベルトが持った時にだけ虹色に輝いたのは。

あれは彼が大勢の巫女たちを殺し、様々な魔力をその身に取り込んでいたからなのだ。

「ええ……。ですが、所詮《しょせん》は巫女風情。大した力にはならなかったようです」

鼻で笑いながら、エーベルトは足下に転がっていた骨を石ころのように蹴《け》り飛ばす。

「やめて！」

沙羅は思わず叫んでいた。

人を人とも思わない態度に、嫌悪と憎悪がこみ上げる。

「おやおや、聖女さまはお優しいのですな。こんな役たたずの死体にも、慈悲の心をお向けになるなんて」

馬鹿にするような口調でそう言い、エーベルトは沙羅に近づいてくる。

「サラベル王女に匹敵する神力を持つあなたの心臓を喰らえば、さぞかし強い力が手に入るのでしょうね。サラ殿、楽しみです」

それにしても、とエーベルトは楽しそうに話を続ける。

「まさかあなたが戻ってくるとは驚きました。どうやって魔王に取り入ったのです？　その身体を使ったのですか？　見た目に似合わず、強かでおられるのですね」

あからさまな侮辱に、頬がかっと熱を持つ。手を振り上げようにも、後ろ手に縛られているこの状況では叶わない。

「魔王に捨てられたのかは知りませんが、わざわざ戻ってきてくれて助かりました。その辺の巫女の心臓では、得られる力にも限界がありますからね。かと言って、王女を手にかけるには危険が大きすぎる。その点あなたならば、死んでも誰も気に留めません。どうせ、元々生贄に捧げられた身ですからね」

ははは、と愉快そうな笑い声を上げるエーベルトの姿は、醜悪そのものだ。

悪魔だ、と思った。

人の皮を被《かぶ》った本物の悪魔が、目の前にいる。

思わず自分の置かれた状況も忘れて叫んでいた。しかしその罵倒も、エーベルトの心に響くことはなかったらしい。

「この最低男！」

「やれやれ、とんだじゃじゃ馬な聖女さまだ」

「わ、わたしが急にいなくなった理由を王さまたちに何て説明するつもりなの⁉」

「もちろん、悪魔に攫われたとでも言うつもりですよ。この国の人々は単純ですからね。――おいお前たち、もういい、この女を殺せ」

「‼」

彼の指示を受けて、それまで黙って控えていた男たちが、万一にも沙羅が逃げないようにと両脇から押さえつける。その内のひとりが、懐からナイフを取り出した。

ギラギラと光る刃が、沙羅の首筋に当てられる。

「や、やめ……」

「ああ、ご心配なさらず。大丈夫です、すぐに死ねますから」

やれ、とエーベルトが短く命じる。振り上げられたナイフが、沙羅の首元にためらいなく振り下ろされた。

死を覚悟したり、目を閉じたりする余裕すらなかった。

ただ沙羅の頭の中にあったのは、愛しい人の姿ただひとつ。

——ヴァルドール……！

心の中で彼の名を呼んだ、その瞬間だった。

首から提げていたペンダントが突如として赤い光を放ち、男たちを吹き飛ばしたのは。

「ぐあっ！」

醜い悲鳴を上げ、男たちは床の上で昏倒《こんとう》する。

信じられない思いでそれを見つめていると、胸元でパリンと何かが砕ける音がした。

ペンダントトップが、粉々になってしまっている。

「わたしを……守ってくれたの……？」

鎖だけとなってしまったペンダントを握りしめ、沙羅は呆然《ぼうぜん》と呟いた。

同じく、エーベルトも呆然としている。配下の男たちが、謎《なぞ》の光で突然吹き飛ばされたのだ。無理もない。

しかし、彼はいち早く我に返ると、血走った目で沙羅を睨《にら》む。

「貴様！　本性を現したな、このふしだらな悪魔めが！　このわたくしが自ら止《とど》めを刺してやる‼」

とても神官長とは思えない形相で口汚い罵り声を上げたエーベルトは、手にしていた杖を掲げ、「死ねぇえ！」と叫ぶ。

その瞬間、杖を中心に眩《まばゆ》いほどの光が集まり始めた。瞬く間に大きな光の矢となったそれは、沙羅を目がけてものすごいスピードで飛んでくる。

今度こそ、もう駄目だ。

そう思った瞬間だった。

「私の妃に何をするつもりだ」

低い声と共に、黒い影が沙羅と光の矢の間に割って入る。パン、と何かが弾ける音が響いたかと思えば、光の矢は呆気なく霧散した。

きらきらと霧雨のように降り注ぐ光の中に、ヴァルドールが佇んでいる。

眉間に寄せた深い皺は、今まで沙羅が見たこともないほどに深く、赤い瞳は人を射殺さんばかりの鋭さだ。

「ヴァルドール……っ」

名前を呼ぶと、ヴァルドールはさっと沙羅の傍に跪き、縛られていた腕を解いてくれた。

「サラ、怪我《けが》はないか？」

「だ、大丈夫。でも、どうして……？」

「話は後だ。そなたは下がっていろ」

そう言った彼は立ち上がり、冷徹な赤い瞳でエーベルトを睨《ね》め付ける。そして、先ほどと同じ質問を繰り返した。

「私の妃に何をするつもりだと聞いたのだが……聞こえなかったか」

「あ……あ……、悪魔！　悪魔だ‼　何をしに来たァ！」

がたがたと震えながら、エーベルトは口角から泡を飛ばしヴァルドールに向かって叫ぶ。

ヴァルドールはその質問を無視し、つかつかと一歩ずつエーベルトに近づいていった。

「くっ、来るな！　来るなと言っている‼」

圧倒的な威圧感を持つ黒き王に恐れをなしおかしくなってしまったか、エーベルトは狂ったように叫びながら幾度も幾度も光の矢を放つ。

だがそのすべてを、ヴァルドールはまるで蚊でも殺すかのように、手で払い落とした。

「うわぁぁぁぁぁぁ‼」

狂ったように叫びながら、エーベルトが懐から何かを取り出した。銀色のナイフだ。

銀でできた武器は、魔物を滅する——。かつて何かの折に読んだ本で得た知識が頭の片隅からよみがえり、沙羅は青ざめた。

「死ね、魔王————！」

エーベルトがナイフを握りしめ、ヴァルドールへ向かって突進していく。

「だめぇぇぇッ‼」

大きな声で叫び、ふたりの間に割って入ろうとしたが、間に合わなかった。

銀のナイフは吸い込まれるようにヴァルドールの腹部へと、その刀身を沈める。

「く……」

苦しげな声と共に、ぽたぽたと、赤い液体が滴る。

カランと音を立てて落下したナイフにも、血がべったりとこびりついていた。

——嘘。

頭が真っ白になり、沙羅はその場にへたり込んだ。

ヴァルドールが、死んでしまう。助けないと。でも、どうやって……。

頭の中でぐるぐると、何の役にも立たない思考が巡る。

そんな沙羅を見て、エーベルトがニタリと邪悪な笑みを浮かべた。

「魔王と言っても、聖別された銀の前では無力に過ぎない。残念だったな、聖女よ。今度こそ、お前の心臓を頂き——」

エーベルトが勝ち誇りながら言い終えようとした、その瞬間だった。

彼の身体が真横に吹き飛び、堅牢《けんろう》な石でできた壁に強く叩きつけられたのは。

醜い悲鳴を上げてエーベルトが床に崩れ落ちるより速く、彼の首に手をかける者がいた。

ヴァルドールだ。

「き、貴様！　死んだはずでは……っ」

「魔族の王たる私が、銀ごときで死ぬものか。——そんなことより、我が最愛の妃に手をかけようとした罪、万死に値する。その身をもって償うがよい」

エーベルトの首に手をかけたヴァルドールは、そのまま力を込めて縊《くび》り殺そうとする。

それを見て、沙羅は咄嗟に叫んでいた。

「だ、駄目！　ヴァルドール、やめて……っ！」

その声に、ヴァルドールはエーベルトの首から手を離さないままに、顔だけを沙羅のほうへ向ける。

「――なぜだ。この男はそなたを殺そうとしたのだぞ」

「こんな男のせいで、あなたの手が汚れてしまうのは嫌なの。だからお願い、やめてください」

ヴァルドールは鋭い目つきでしばらくエーベルトを睨んでいたが、沙羅がもう一度「お願い」と繰り返すと、ふっとその口元に微苦笑を浮かべる。

「愛しいサラの願いなら仕方がない。……命拾いしたな」

「ひっ、ひぃぃぃぃぃぃぃぃ！」

首を解放されたエーベルトは、哀れな虫のようにカサコソと手足を素早く動かしながら、床を這ってその場から逃げ出そうとする。しかし、ヴァルドールが魔力で作った玉を頭にぶつけたため、「ぐえっ」と蛙《かえる》の潰《つぶ》れるような声を上げて気絶してしまった。

それを呆れたように見やりながら、ヴァルドールは沙羅を抱きしめる。

「そなたが無事で、本当によかった。念のため、ペンダントに守りの魔力を込めておいたのが幸いだったな」

ヴァルドール曰く、もしその魔法が発動した際は、すぐ彼に伝わるように仕掛けを施していたらしい。

「ごめんなさい。せっかくもらったペンダントなのに、砕けてしまって……」

ペンダントが壊れてしまった悲しみと申し訳なさに、涙が出る。

だがヴァルドールは、ゆっくりと首を振り沙羅の頬を撫でた。

「何を言っているのだ。そなたの命が助かるなら、ペンダントなどいくらでも砕けて構わぬ」

「でも……わたし、あなたにずっと嘘をついていたんです」

震える声を吐き出し、沙羅はヴァルドールの瞳を見つめた。

きちんと向き合おうと決めはしたものの、それでも彼の反応を思えばためらいがないわけではない。

真実を知った彼に軽蔑されるのが怖い。だけどここで言わなければ、沙羅は大事な人を永遠に騙し続けることになるのだ。

「嘘？」

「はい。わたしは、本当は王女なんかじゃありません。王女の身代わりとして生贄になるため、ファランディア国王たちによって異世界から召喚された、ただの女子高生なんです」

「異世界から召喚された、ジョシコウセイ？」

「つ、つまり一般庶民という意味で……。本当はあなたにふさわしくないのに、ずっと騙していたんです。本当にごめんなさい。罰を受ける覚悟はできています。どんな罪でも受け入れるつもりです」

一国の王を騙していた罪で殺されるかもしれないことよりも、今、ヴァルドールがどんな顔をしているのか確かめることのほうがよほど怖い。

沙羅は俯いたまま、ヴァルドールの言葉を待つ。すると彼は、静かな声でこう言った。

「顔を上げろ、サラ」

のろのろと顔を上げると、そこには困ったようなヴァルドールの表情があった。

「そなたの目に私が、出自などというちっぽけなことにこだわる男に映っているとしたら、心外だな」

「え……」

「月並みな言葉しか言えぬが、私はそなたが王女だったから愛したわけではない。サラがサラであるからこそ、愛しているのだ。言っている意味はわかるな?」

その言葉を聞くなり、沙羅の瞳にじわじわと涙が浮かぶ。堪えようとしたのに堪えきれず、涙は一筋、また一筋と頬を伝ってこぼれ落ちていった。

「わ、わたしで、いいんですか……?」

涙声で問いかけると、よしよしと幼子をあやすように、ヴァルドールが沙羅の背を撫でてくれる。

「そなたでないと意味がないのだ」

きっぱりと言い切る姿は、彼が本気で、沙羅の正体などどうでもいいと思っている証拠だ。

「サラのほうこそ、どうなのだ？」

「わ、わたしですか？」

「ああ。今の話を聞く限り、そなたはファランディア国王たちによって無理矢理召喚させられ、生贄にされたのだろう。我が妃となったこと、本意ではなかったのではないか」

今度は、ヴァルドールが不安そうな顔をしている。

確かに、初めは美沙を人質に取られて仕方なくだった。生贄となることを自ら望んだわけでもないし、妃となった当初は戸惑いもあった。

だけど共に過ごす内、ヴァルドールの誠実さや優しさに惹かれ、どんどん好きになるのを止められなかった。

「わたしは、ヴァルドールのことが好きです」

「サ、サラ」

「もちろん、いきなりお妃さまにされたのはびっくりしたけど……。でも、ヴァルドールは絶対に、わたしを傷つけるようなことはしなかった」

初めて彼の許へ行った夜だって、沙羅が初めてと知って行為を止めてくれたし、その後も、沙羅の覚悟が決まるまで待ってくれた。

「そんな優しい魔王さまだから、わたしはあなたを好きになったんです」

嘘偽りのない気持ちを言葉に乗せて、ヴァルドールに伝える。彼は大きく目を見開くと、がばりと沙羅を抱きしめた。

そうして、ぎしりと背骨が軋むほどの強さを込めつつ、感極まった声を上げる。

「サラッ‼　そなたはなんと愛おしいのだ！」

「ちょっ、痛い！　痛いです……っ！」

「あ、すまぬ……」

申し訳なさそうに眉を下げながら離れていく、そんな彼を呆れ半分、愛しさ半分という目で見つめながら、沙羅は心からの笑みを浮かべたのだった。

◆

その後、ヴァルドールと沙羅は気を失ったエーベルトをバルドゥイン二世へ差し出した。

沙羅はこれまでのエーベルトの悪行を国王に報告し、地下室に大量の死体があること、魔族は何も関係ないことを説明したが、果たしてきちんと理解してくれたかどうか。

国王は、突然の魔王の訪れに青ざめて震えており、その場にひれ伏してなりふり構わず助命を請うていた。

「その娘はどのように扱ってもいいから、どうか我が命だけはお助けくださいっ‼」

それを見ていたヴァルドールが、ぽつりと呟く。

「サラ、やはりこやつだけでも殺してよいか」

「…………だめです」

返答を少し迷ったのは内緒である。

もうこのファランディアという国や、身勝手な人々には一切関わりたくない。沙羅は喚く国王へ、美沙を一緒に連れていくことを告げ、さっさと彼の前から離れた。

そうして部屋に戻ると、沙羅がいないことに気づいて起きていたらしく、美沙が半泣きになりながら突進してきた。

「お、お姉ちゃぁぁぁぁぁん！　どこ行ってたの⁉」

「うん、ちょっとね」

さすがに、神官長の企みで殺されかけた話なんか十歳の妹にできるはずもなく、沙羅は曖昧《あいまい》に微笑む。

そんな沙羅の背後に佇む大男に気づき、美沙が目をぱちくりとさせた。

「お姉ちゃん、その男の人、だぁれ？　どうして角が生えてるの？」

「それは……。生まれつきそうなのよ」

我ながら雑な説明だとは思ったが、美沙に魔族という説明をしてもまだわからないだろう。彼女の成長と共に、おいおい教えていこうと思う。

幸いにして、美沙は彼の角についてそこまで深く考えなかったようだ。

「ふぅん。そうなんだ。すごいイケメンだね！」

と、嬉しそうにはしゃいでいる。

「サラ、イケメンとは何だ？　お似合いという意味か？」

「それは後で説明しますから……」

自分に都合のいいような解釈をするヴァルドールに苦笑しながら、沙羅は腰をかがめて美沙と視線を同じくする。

「あのね、美沙。お姉ちゃんはお仕事先で、このお兄さんと結婚したの」

「結婚!?　嘘！　美沙、結婚式呼ばれてないよ！」

気にするところが何だかずれている気もするのだが、とりあえず今は話を進めるとしよう。

更に言葉を続け、美沙にもわかりやすいように説明する。

「それでね、美沙もここを出て、これからお姉ちゃんたちと一緒に暮らすことになったの。お友達とは離れることになるけど……大丈夫？」

せっかく友達ができたばかりなのに、もう別れさせてしまうのが忍びない。しかし、せっかくヴァルドールが、美沙も一緒に暮らしていいと言ってくれたのだ。この国に置いていけるはずがない。

そんな沙羅の問いかけに対し、美沙は迷う様子も見せず頷いてくれた。

「うん。美沙、大好きなお姉ちゃんと一緒にいられるならどこでもいいよ！」

「美沙……ありがとう、嬉しい。わたしも美沙が大好きよ」

「わ、私にも言ってくれ、サラ！　私もサラのことが大好きだぞ‼」

感動に浸る間もなく、ヴァルドールが横から必死に自己主張してくる。

三百年以上も生きているくせに、たった十歳の美沙に対抗してくるなんて、何と大人げないのだろう。

だが、それがヴァルドールという人なのだ。

「はいはい、大好きです」

「心がこもってない！　くっ……、どうせ、どうせ私なんか……」

あまりにも嘆くものだから沙羅はついおかしくなってしまい、ぷっと吹き出す。

そうして美沙に聞こえないよう、ヴァルドールにそっと耳打ちをした。

「愛しています、ヴァルドール。……ガルディアに戻ったら、たっぷりキスして、愛してくださいね」

大胆な誘い言葉に、ヴァルドールが喜んだことは言うまでもない。

◆

ガルディアに戻ったヴァルドールと沙羅は、まず侍女や女官たちに美沙を紹介した。

スタイルもよく美女揃いの女性たちを前にして、美沙は興奮気味だった。

「お姉ちゃんお姉ちゃん、この女の人たち、皆すごい美人だね！」

そんな素直な美沙の言葉に、女官たちもまんざらではなさそうだ。

「まあ！　何て可愛らしい。さすが王妃さまの妹さまですわね」

「本当に、とっても可愛らしいですわ！　ぜひわたくしにお世話させてくださいな」

「いいえ、お世話係ならわたくしが」

「あなたたちは遠慮してくださる？」

皆、美沙のことを歓迎してくれている様子だが、誰が世話係になるかでもめており、沙羅は苦笑を零すしかなかった。

とりあえず美沙の世話を侍女たちに任せ、沙羅は地下室にいたせいで若干埃《ほこり》っぽい身体を清めるため、風呂に入ることにした。

ヴァルドールも一緒に入りたがったが、それはまだ少しハードルが高すぎる。固く断ってひとりで浴室に向かった。

汚れた身体を丹念に石鹸《せっけん》で擦り、洗い流す。

またこうして、ガルディアに戻ってこられて本当によかった。それも、美沙と共に。

浴槽でゆったりとしながら、沙羅はその幸せを噛みしめる。

そうして浴室を後にし、夜の準備を済ませて少し経った頃、ノックの音が響いた。

声を聞かずとも、扉の向こうに誰がいるかなんてわかりきっている。

沙羅は一目散に扉のほうへ駆けていき——そこに佇んでいたヴァルドールの首根っこにしがみつくようにして抱きついた。

ヴァルドールは軽々とそれを受け止め、沙羅の足を掬って横抱きにする。そうして、足で乱暴に扉を閉めながら、腕の中の沙羅に口づけを落とした。

唇同士のキス。ふたりとも息は荒く、まるで貪るような行為だった。

言葉はなくとも、互いに互いを求め合っていることを理解していた。

性急に唇を重ねながら、ヴァルドールは大股でベッドのほうへ向かう。やや乱暴な手つきでベッドに放られたと思った瞬間、上からのし掛かってきた彼に再び唇を塞がれた。

「ん、んん、ん……」

「サラ、好きだ……サラ」

「わたしも……わたしも、好きです」

言えなかった言葉をようやく口にするなり、愛おしさがぶわりとこみ上げて膨らんでいく。

ヴァルドールの首裏に手を回し、自ら舌を伸ばして彼の口内を貪りながら、沙羅は何度も好き、好きと繰り返す。

我ながら大胆なことをしている自覚はあったが、もう止まれなかった。

そんな妻の行動は、ヴァルドールの興奮を嫌でも煽ったらしい。

上衣をまくり上げて一気に脱いだ彼は、沙羅のネグリジェにも手をかけて素早く脱がせる。

現れた白い首や胸元は、エーベルトの配下たちに乱暴に扱われたせいで爪の痕などが残っており、ヴァルドールはそれを労わるように丁寧に唇で触れていった。

「ん、あ……あ……」

「美しいサラの肌を傷つけおって……。四肢をズタズタに引き裂いても気が済まぬほどだ」

冗談とも本気ともつかぬ口調で言いながら、彼は沙羅の胸を掌の中に収める。

柔らかさを楽しむように揉みしだく彼を安心させるよう、頭を撫でながら沙羅は囁いた。

「大丈夫。こんなのすぐ治ります、から。そんなことよりも、もっと触って……」

淫らな誘い文句を口にしながら、沙羅は自らしなやかな蔦《つた》のように、足を彼の腰に絡める。

もう、何をおいても、一刻も早く彼と繋がりたい。

それなのに、彼は困ったように眉を下げ、沙羅を窘《たしな》めてきた。

「サラ……、だが、もう少し解さないと」

「いや、早く……。早くヴァルドールが欲しい……」

痛くても何でもいいのだ。

ヴァルドールが与えるものならば、きっと痛みすら悦びに変わる。

潤んだ瞳で懇願すれば、ヴァルドールも我慢の限界だったらしい。下衣をくつろげて己を取り出し、掌で数度しごいてから、沙羅の入り口に押し当てる。

「ゆっくり、だ。そうでないと、そなたを傷つけてしまう」

「あ……んん……」

ずぷ、ずぷ、と、空気と蜜が混じり合う音を立てながら、杭がゆっくりと泥濘《でいねい》に沈んでいく。

少しだけ引きつった痛みがあったが、それでも彼を感じることのできる喜びのほうが大きい。

やがて切っ先が奥に当たり、どちらからともなく深い息を吐いた。

「入ったぞ、サラ……。痛くないか?」

「ん……大丈夫です。ヴァルドールが、中にいることが……、嬉しい……」

薄い腹を撫でれば、その向こうにいる彼の存在を感じられるような気がして、胸がいっぱいになる。

微笑む沙羅を見て、ヴァルドールはどんな風に思ったのか。

そのままゆっくりと動き出す彼の耳も、目元も、赤く染まり、血色の紋様はこれまで以上に濃かった。

「あ、あぁ……、んぁぁ……っ」

「サラ、愛している……愛している……」

「わたしも……、ヴァルドールを愛してます……。ずっと一緒にいたい……っ」

「ああ、もちろんだ、サラ。ずっと、ずっと共にいよう」

優しく微笑み、ヴァルドールが沙羅と額を付き合わせる。

幸せで、幸せで堪らない。

沙羅は人間で、ヴァルドールは魔族だ。

寿命の差を考えれば、沙羅が先に死んでしまうことはわかりきっている。それでも、限りある生を彼と共に生きたいと思った。

それでも、彼を置いて先に逝《い》ってしまうのは忍びないから。

ヴァルドールにしがみつき、沙羅はこれまでで一番のおねだりをする。

「早く、ヴァルドールの赤ちゃんが欲しいです……」

「っ、サラ……！　それはすごい殺し文句だ」

口元を押さえながら、ヴァルドールが真っ赤になる。ここまで赤くなった彼の姿は初めて見た。

「くっ……鼻血が出そうだ……。今のサラの言葉を、永久に保存しておく方法はないかっ」

大げさなんだから、と笑いつつも、沙羅は彼に愛されている幸せを噛みしめた。

エピローグ　幸せ奥様になりました♥

その一ヶ月後、ガルディアにおいて国王の結婚式が執り行われた。

国王がようやく妃を迎えた事に国民は大いに安堵し、この結婚を心から祝福した。人間の庶民が王妃になる事に、反対の声がまったく無かった訳ではないが、国王に直接意見を言う命知らずはひとりもいなかった。

白い婚礼衣装を纏った王妃、サラは本当に美しく、列席者の間から絶えず感嘆の声が漏れたほどである。

対照的に漆黒を身に纏った国王、ヴァルドールは終始王妃に視線を奪われるあまり、途中、式の進行を何度も忘れて司祭から注意されていた。前代未聞の失敗ではあったが、もとよりガルディアの民はおおらかな国民性である。国王夫妻が仲睦《むつ》まじい証拠であると、微笑ましげに受け止める者が大半だった。その様子は、人間の王妃が全ての国民に受け入れられる日も近いだろうと思わせた。

その後行われたお披露目の列では、王妃の妹であるという小さな少女が、魔獣の引く車の上から可憐な白い花弁を散らし、ふたりを祝福した。

あまりに可愛らしいその姿に、城には「あの少女は誰か」と問い合わせが殺到し、将来婿になりたいという若者が後を絶たなかったという。

それを聞いた王妃は、将来誰が妹を幸せにしてくれるのだろうかと楽しげに笑っていたそうだ。が、逆に国王のほうは、大事な義妹に妙な虫がついては大変と、護衛の人数を倍に増やし、王妃から苦笑されたそうである。

◆

すやすやと、安らかな寝息が上がっている。

情事に疲れ果てて眠るサラを穏やかな目つきで見つめ、寝台から立ち上がったヴァルドールは、鍵《かぎ》のついた引き出しから分厚い帳面を取り出した。

今日まで密《ひそ》かにつけてきた、秘密の日記帳。こうしてみると、たった数ヶ月の間に、ずいぶんとたくさん書いたものだ。

ぺらぺらと捲《めく》ると、頭の中にサラとの思い出が次々によみがえってくる。

初めて出会った時のこと。共に食事を取ったこと。無理して仕事をしたせいで、彼女に叱《しか》られたこと。『サラ』と名付けた花を贈ったことや、彼女のために開いたお茶会で、食べさせ合いをしたこと――。

他にも色々あるが、挙げていけばきりがない。どれもこれも彼女と共に築いてきた、大切な思い出ばかりだ。

きっとこれから先も、こうしてどんどんかけがえのない日々を築き、抱えきれないほどの宝物に囲まれて生活するのだろう。

「ああ……私は何という幸せ者なのだろう」

緩みきった表情で呟いたその時、寝台のほうで、もぞもぞとサラが身じろぎする気配がした。

「……ヴァルドール？」

裸の胸を左手で隠し、右手で目を擦りながらサラが起き上がる。

「すまない、起こしてしまったな」

「大丈夫です。それより、何を見ていたんですか？」

あどけない笑みを浮かべて問いかける妻に、ヴァルドールは思わず胸をときめかせる。

まったく、そなたは何度私を恋に落とせば気が済むのだ……！

しかし、あまりこういうことばかり言うと初心なサラが照れてしまうので、あえて口にはしなかった。

寝台の端に腰掛けると、ヴァルドールは日記帳を開いてサラの前に差し出す。

「日記だ。そなたと出会ってから今日まで、ずっとつけてきた」

「すごい……。こんなにたくさん。読んでもいいですか？」

「ああ、もちろんだ」

ヴァルドールの記してきた文字を、サラは丁寧に指でなぞりながら読み始めた。

静かに、頁《ページ》を捲る音が響く。

時折、当時のことを思い出したようにくすくすと笑うサラの横顔を、ヴァルドールは微笑を浮かべて見守った。

やがて彼女が最後の頁を読み終える頃、ふと、紙の表面に一匹の虫が止まる。赤い身体に、七つの黒い点を持つ、珍しい虫だ。

あっと声を上げ、サラがまじまじと、その虫を見つめた。

「てんとう虫……」

「知っているのか？」

「はい。てんとう虫っていうんです。そっか……。君、ついてきちゃったんだね」

そう言いながら、サラは嬉しそうにヴァルドールを見上げる。

「この虫は、わたしが元いた世界で、幸運の象徴と言われていたんですよ」

「縁起のいい虫なのだな」

「はい。単なる迷信かと思っていたけど、本当だったみたい」

「サラ？」

目を細めててんとう虫を見つめながら、サラがこてんと身体を預けてくる。

そうしてヴァルドールの胸に甘えるようにすり寄りながら、彼女は満たされた声で告げた。

「だって、こうしてヴァルドールに出会えたんだから……」

「サラ」

「わたし、幸せです。あなたに会えて、あなたのお嫁さんになれて。……わたしはあなたのように長生きはできないけれど、でも、この人生のすべてをかけて、あなたを幸せにするって誓います」

「サラ……ッ！」

はにかみながらも懸命に己の思いを告げる健気《けなげ》な妻の姿に感動するあまり、涙腺《るいせん》が緩んで目がうるうるしてしまう。

それを誤魔化すように、ヴァルドールは強くサラを抱きしめた。

「そなたのような妻を持てて、私は世界一の果報者だ！　愛しているぞ、サラ！　愛しているる‼」

「ヴァルドールったら、そんなに大声を出したら廊下にまで響いてしまいますよ」

「構うものか！　サラが傍にいてくれる限り、私は全身全霊で、そなたへの愛を叫び続けよう！　愛しているぞ、サラ――――‼」

その晩、魔王の雄叫《おたけ》びは城中に響き渡り、翌朝ヴァルドールはミリアナや臣下たちからさん

ざんお説教されてしまった。

仲睦まじいのは結構ですが、使用人たちの安眠を妨げないでください、と。

しゅんとしてしまったヴァルドールだったが、サラがあまりにも楽しそうに笑うものだから、途中から嬉しくなってしまい、「反省していらっしゃるんですか！」と、再びミリアナから怒られる羽目となった。


——魔族と一定期間交わった場合、その者の身体構造は魔族と変わらなくなり、寿命が延びる。サラがその事実を知り、ミリアナと一緒になって「そんな大事なことはもっと早く言ってください！」とヴァルドールを叱るのは、まだ少し先のこと。

そしてふたりの間に喜ばしい知らせがもたらされ、魔王の秘密日記に小さくて愛らしい登場人物が新しく加わるのは、それからあまり遠くない未来のことである。

あとがき

ジュエルブックスさんでは初めまして、白《しろ》ケ《が》音《ね》雪《ゆき》です。

このたびは拙作をお手にとっていただき、誠にありがとうございます。

タイトルからもわかるとおり、本作は魔王ものです。

しかも、ただの魔王ではありません。「きゅぅぅん～♥」としている魔王さまです。

担当さんとの打ち合わせでタイトルが決まったときは、あまりの楽しさに大笑いしてしまいました。

他にも色々案がありまして、どれも捨てがたいほど素敵なタイトルだったのですが「きゅぅぅん～♥」にやられました。

（※余談ですがわたしはジュエルさんのタイトルのことを、勝手に「元気の出るタイトル」と呼ばせていただいております。いつも元気をいただいています）

さて、今回、初の魔王ものということで、とても楽しく書かせていただきました。

ヒーローのヴァルドールは、初恋の人との思い出を思わず日記にしたためるような、乙女チックヒーローです。きっとニヤニヤしながら日記を書いていると思います。

人外ということで、角・羽・身体の紋様など、これでもかというほど人外要素を詰め込みました。

髪は黒か銀か最後まで迷ったのですが、ヒロインが黒だし……ということで銀色に。

個人的には、興奮すると身体の紋様が濃くなっていくという設定が気に入っています。

ヒロインの沙羅は、妹思いでしっかり者のお姉ちゃんです。だけどやはり十七歳の女子高生ということで脆《もろ》い面もあるかと思いますので、急に異世界トリップをしてしまったことに対する不安や戸惑いなども出せていればいいなぁと思います。

沙羅の服装ですが、表紙ラフの段階で「異世界トリップらしくブレザー姿もいいかも」というお話があったのですが、ラフでデザインしていただいていたドレスがあまりにも素敵でしたので、ドレスでお願いいたしました。

皆様にもぜひ、可愛いドレス姿を堪能《たんのう》していただければと思います。

ところで寒くなってきますと、食欲と共に創作熱が高まって参ります。

書くならやっぱり溺愛《できあい》で、強面《こわもて》なのに甘党とか、可愛いもの好きとか、恋愛小説を書くのが趣味とか、そういうギャップがあるとなお萌《も》えます！

ヒストリカル風ももちろんですが、今回みたいに異世界トリップや、魔法世界のファンタジーものなどもいいですね。

あとは和風ファンタジー！　狐神《きつねがみ》さまとか、龍神《りゅうじん》さまとか、そういうのも大好きです。スイーツやレースや可愛い小物に彩られた、砂糖菓子みたいにキラキラふわふわしたお話を書きたいです。

さて、今回イラストをつけて下さったのはDUO　BRAND.先生です。妖艶《ようえん》で格好いいヴァルドールと、ゴシックなドレスを着た沙羅をラフで拝見した時は、天にも昇る心地でした……。

表紙はふたりのお茶会の光景。お菓子もとても可愛らしく、また沙羅の表情がきゅんとするほど可愛くて、ヴァルドールが溺愛する気持ちがすごくよくわかりました。

先生、とても素敵なイラストを本当にありがとうございます！

担当編集者様にも、大変お世話になりました。いつも緊張するわたしを気遣ってくださり、笑わせてくださったり、大変励ましていただきました。ありがとうございます。

また、本書の制作に携わってくださいました関係者様各位にも、厚くお礼申し上げます。

本作を執筆中、相変わらず愛犬三匹がキャンキャンと励ましてくれておりました。

いつも癒《い》やしてくれる愛犬たちに感謝を。

そして創作仲間の皆。いつも相談に乗ってくれて、本当にありがとう。

最後に、本書をお手に取ってくださった読者の皆様に、心より感謝いたします。

何百歳という年の差・体格差に加え、溺愛・残念ヒーロー・らぶえっちなど、好きな要素をたくさん詰め込みました。

怖いのにちょっと駄々っ子なところのあるヒーローと、妹思いで優しいヒロインの物語を、少しでもお気に召して頂ければ幸いです。

それでは、またどこかでお目にかかれました際は、ぜひよろしくお願いいたします。

二〇一七年十月　ツクツクボウシとコオロギの合唱を聴きながら

白ヶ音　雪

柚原テイル
[Illustrator]
アオイ冬子
Jewel
ジュエルブックス
キラワレ悪役から
愛され奥さまに
大逆転!!!
悪役令嬢シンデレラ
騎士団長のきゅん♡が激しすぎて受け止めきれませんわ!!
転生したら乙女ゲームの悪役令嬢ですって!?
濡れ衣を着せられ幽閉寸前のところから、一発逆転!!
「妻になってくれ。ずっと見ていた。誰よりも優しく、可愛らしいお前を」
騎士団長が悪役令嬢にメロメロ？　新妻になって溺愛されるなんて聞いてませんわ！
包容力たっぷりで一途すぎ♥な旦那サマとのんびり新婚ライフはじまります？
大好評発売中

花衣沙久羅　沢城利穂
TAMAMI　丸木文華
柚原テイル
Jewel
ジュエルブックス
監禁愛
アンソロジー
ILLUSTRATORS
えとう綺羅　Ciel　SHABON
すがはらりゅう　村崎ハネル
絶対、お前を逃さない。
独占欲に取り憑かれたドSな貴族や皇子たち。
禁断の愉悦に溺れた囚われの乙女たち。
5名の大人気作家が夢の競作！
濃厚エロス短編集。
大好評
発売中

鬼の総帥閣下なのに
新妻がカワイすぎて悶えてます。
Jewel
ジュエルブックス
Kirin Nanzaki
南咲麒麟
Illustrator
坂本あきら
Akira Sakamoto
じりじり近づく胸きゅん新婚ライフ♡
ゆる甘☆蜜月ラブコメin中華
ダンナさまは鬼と呼ばれるコワモテ軍総帥。
初夜なのに抱いてくれないのは、なぜ?
実は超純情♥ 嫁が好きすぎるだけ!?
いったん思いが通じると朝まで離してくれません!!
キマジメ武将がテレつつ愛妻家に激変する中華ラブコメ♡
大好評発売中

Jewel
ジュエルブックス
皇帝陛下の花嫁として純愛培養されたのです。
麻木未穂
Illustrator 坂本あきら
独占欲あり過ぎ皇帝の、
愛妻育成計画!!
子どもの頃、恋した人は18歳年上の凜々しい青年。
奴隷の娘だった私を10年間、育ててくれた人。
16歳の誕生日に皇宮へのお迎えが！
彼の正体は次期皇帝!?
私を妃にするために育てていたなんて！
初恋の人に完全独占される愛され姫の物語。
大好評
発売中

Jewel
ジュエルブックス
騎士様は
超溺愛中!
柚原テイル
Illustrator ゆえこ
トリップしたら堅物&不器用な騎士様から、
いきなり「俺の嫁」宣言ですか!?
異世界にトリップした途端、騎士隊長の奥さまに!?
だんな様はドマジメ、堅物、朴念仁。せっかく結婚したのに不器用すぎて困っちゃう!
「いってらっしゃいのチュー」や「裸エプロン」で
誘惑してみたら新妻溺愛モードに豹変! 恥ずかしすぎますっ!
ゆる～い甘いちゃ山盛り♥異世界新婚ライフ!
大好評発売中

柚原テイル
Tail Yuzuhara
[Illustrator]
アオイ冬子
Huyuko Aoi
Jewel
ジュエルブックス
異世界シンデレラ
騎士様と新婚スローライフはじめます
幼妻は小動物ではありませんっ!
異世界トリップしたら、のんびりした田舎の村!?
「俺と結婚して、スローライフとやらを送ってくれないかっ!」
いきなり体格差たっぷり、20歳も年上の騎士様の妻に!
コワモテの旦那様だけど、幼妻にはメロメロです?
オトナの包容力で可愛がられまくり♡新婚ライフまったり系!
大好評発売中

Jewel
ジュエルブックス
玉の輿なんてお断り？
財閥社長と
残念な婚約者
斎王ことり
Illustrator 黒田うらら
愛され奥様修業は
天にも昇る蜜の味？
「つきあって1年になる結婚前提の彼女です」
財閥の帝王が「婚約者」として、いきなり私をお披露目!?
超冷酷だったのに極甘ダーリンモードに大変化！ どんな美人が寄ってきても私だけに一途すぎ！
残念なルックスなのに……求婚されて一気に駆け上がるジェットコースター系シンデレラドラマ♡
大好評発売中

ファンレターの宛先
〒102-8584 東京都千代田区富士見1-8-19
株式会社 KADOKAWA アスキー・メディアワークス ジュエルブックス編集部
「白ヶ音 雪先生」「DUO BRAND.先生」係

http://jewelbooks.jp/

恐怖《きょうふ》の魔王陛下《まおうへいか》だったのに花嫁《はなよめ》きゅううん～♥が止《と》まりませんっ!

2017年11月25日　初版発行

著者　白ヶ音 雪

イラスト　DUO BRAND.

発行者 ―――――― 郡司 聡
発行 ――――――― 株式会社 KADOKAWA
〒102-8177 東京都千代田区富士見2-13-3
プロデュース ―― アスキー・メディアワークス
〒102-8584 東京都千代田区富士見1-8-19
03-5216-8377(編集)
03-3238-1854(営業)
装丁 ――――――― 沢田雅子
印刷・製本 ―――― 株式会社暁印刷

小社ホームページ http://www.kadokawa.co.jp/

Printed in Japan
ISBN 978-4-04-893445-9 C0076